KB115114

현대 마도학자

네르가시아 장편 소설

FUSION FANTASTIC STORY

THE MODERN MAGICAL SCHOLAR

현대 마도학자 13

네르가시아 장편 소설

초판 1쇄 찍은 날 § 2015년 8월 19일
초판 1쇄 펴낸 날 § 2015년 8월 26일

지은이 § 네르가시아
펴낸이 § 서경석

편집책임 § 이재림

펴낸곳 § 도서출판 청어람
등록번호 § 제387-1999-000006호
등록일자 § 1999. 5. 31
어람번호 § 제1-2208호

주소 § 경기도 부천시 원미구 부일로 483번길 40 서경B/D 3F (우-) 420-822
전화 § 032-656-4452 팩스 § 032-656-4453
http://www.chungeoram.com
E-mail § chungeorambook@daum.net

ⓒ 네르가시아, 2014

ISBN 979-11-04-90377-9 04810
ISBN 979-11-316-9243-1 (세트)

※ 파본은 구입하신 서점에서 교환하여 드립니다.
※ 저자와 협의하여 인지를 붙이지 않습니다.
※ 이 책은 도서출판 청어람과 저작자의 계약에 의해 출판된 것이므로,
　무단 전재 및 유포 · 공유를 금합니다.

현대
마도학자

네르가시아 장편 소설
FUSION FANTASTIC STORY

THE MODERN
MAGICAL
SCHOLAR

13

현대 마도학자

THE MODERN MAGICAL SCHOLAR

CONTENTS

1장

증식

노바스코샤 북부.

전란이 일어났음에도 불구하고 이곳의 풍경은 고즈넉하기 이를 데가 없었다.

푸르른 초원과 함께 어우러진 노바스코샤 북부 펀디만의 풍경이 탄성을 자아내게 했다.

아나스타샤와 미하엘은 이곳을 정밀 수색하기 위해 시가지로 진입하는 중이었다.

"1조, 2조는 좌우로 갈라져 각각 우현과 좌현을 수색한다. 나머지 병력은 나와 함께 중앙로를 점령하고 소초를 편성한다."

"예, 알겠습니다!"

연합군 소속 다국적 특수부대는 미하엘 준장의 명령에 따라 마을 시가지 전역으로 흩어져 수색을 시작했다.

—좌현, 이상 무.

—우현도 이상 없습니다.

"중앙로도 이상 없다. 이곳에 소초를 편성하고 주변 건물로 들어가 숙영지를 펼칠 수 있도록."

—예, 알겠습니다.

약 30분간의 정밀 수색을 펼치고 난 후 다시 중앙로로 돌아온 병사들은 강철 펜스로 소초를 세우고 주변에 있던 가옥을 점령하여 숙영지를 편성했다.

어떤 위험이 있을지 아무도 알 수가 없기 때문에 30명의 인원은 모두 한곳에 모여 잠을 청하기로 했다.

미하엘은 부하들이 임시주둔지를 편성하는 동안 아나스타샤 박사와 함께 마을 북부에 있는 경찰서와 회관을 천천히 둘러보기로 했다.

일단 이 근처에는 딱히 위협이 될 만한 요소가 없었기에 두 사람은 간단히 무장하고 산책 겸 주변을 둘러보기로 한 것이다.

미하엘은 경찰서로 들어가 그 안에 무엇이 있는지 확인해 보기로 했다.

철컹철컹.

"문이 잠겼군요."

"사람이 있을까요?"

"글쎄요……."

이윽고 미하엘은 권총을 쏘아 경찰서 문의 손잡이를 날려 버렸다.

팅팅팅!

그러고는 손잡이 부분을 발로 차서 굳게 닫혀 있는 문을 열었다.

콰앙!

"잠시 이곳에서 기다려요."

"네."

미하엘은 아주 숙달된 솜씨로 경찰서 안을 수색하기 시작했다.

미하엘 준장은 처음 소위로 임관했을 때부터 10년간 미군 델타포스 지정사수로 활약했다.

그리고 나머지 10년은 지휘관으로 임관해 있으면서도 현장에서 저격수로 눈부신 활동을 펼쳤다.

20년이라는 세월 동안 직접 전투에 참여했고, 아주 훌륭한 지휘 능력과 전략 수립 능력으로 인해 준장까지 진급한 것이다.

아마 40대 초반의 나이로 장성에 진급한 전투장교는 미하엘이 처음이자 마지막일 것이다.

그는 20년이라는 세월 동안 갈고닦은 실력으로 아주 신속하게 초반 수색을 마쳤다.

"됐습니다. 들어와요."

"알겠어요."

이어서 그는 아나스타샤를 자신의 등 뒤에 숨겨놓고 천천히 경찰서 깊은 곳으로 들어갔다.

"내 뒤에서 떨어지지 마십시오."

"그럴게요."

불이 모두 꺼진 이곳에선 오로지 오감과 야간 투시경에 의지해야 한다.

그렇기 때문에 경무장 상태인 그녀는 혹시나 모를 위협에 대비해 미하엘의 등 뒤에 딱 붙었다.

그는 한국군에서 지급한 지정사수 소총 K—17A1을 들고 주변을 정밀하게 탐색했다.

경 저격 소총으로 분류되는 지정사수 소총은 일반적인 돌격소총에 비해 사거리가 길고 파괴력이 큰 것이 특징이다.

K—17은 근거리 전투가 가능하도록 연사 속도를 1.5배 정도 높이는 동시에 유효사거리를 1.5km까지 높였다.

전천후 지원화기인 K—17이지만 최근에는 거의 모든 지정사수들이 한국제 저격총을 사용하여 그 수요가 거의 없는 형국이다.

해군 특수부대나 공군 특수부대와 같이 전천후 작전에 투입되는 부대에서나 가끔씩 사용하고 있을 뿐이다.

미하엘은 거의 모든 화기를 사용할 수 있는 사람이지만 특히나 K-17을 잘 다뤘다.

아마 당장 좀비 떼가 튀어나온다고 해도 총 한 자루만 있으면 충분히 살아남을 수 있을 것이다.

광화학 장비가 달린 K-17은 사수의 능력을 높이는 데 일조하기 때문에 미하엘에게 있어선 완벽한 총이라고 할 수 있었다.

그는 주변을 수색하다가 이내 이상한 점을 하나 발견했다.

"이상하군요. 분명 이곳에선 격전이 벌어졌을 겁니다. 그런데 그 규모가 그다지 크지 않아요."

"무슨 소리인가요?"

"만약 이곳에 좀비 떼가 창궐했다면 사람들은 결사 항전을 펼쳤을 겁니다. 그런데 막상 이곳에서의 일어난 전투의 흔적은 아주 작았단 말이지요."

"뭐예요? 그래서 이곳에서 좀비가 창궐했단 말인가요?"

"그게 확실치 않다는 겁니다. 좀비가 창궐했는지 아닌지 정확히 알 수가 없다는 것이죠."

"참 애매하게 되어버렸군요."

이 상태에선 이곳을 청정 지역으로 지정하기가 상당히 까다롭다.

일단 전투가 일어난 흔적이 있다는 것은 누군가 습격을 감행했다는 것인데, 그게 좀비인지 아닌지는 확실치 않았다.

"일단 이곳에서 나갑시다."

"그럴까요?"

바로 그때였다.

끼익!

미하엘은 소리가 들린 쪽으로 재빨리 총구를 돌렸다.

철컥!

"누구냐!"

이윽고 그는 서서히 소리가 들린 곳으로 다가가며 소리쳤다.

"모습을 드러내라! 그렇지 않으면 발포하겠다!"

그의 협박에 소리의 진원지에서 반응을 보였다.

"사, 살려주세요."

미하엘의 협박에 못 이겨 모습을 드러낸 이들은 다름 아닌 열 명가량의 소년 소녀였다.

"인간?"

"네."

아나스타샤는 아이들에게 달려가려 했지만, 미하엘은 그녀를 만류했다.

"잠깐, 잠깐만 기다려요."

"네? 무슨 소리예요? 사람이 살아 있다면 당연히 살려야지요!"

"잠깐, 잠깐이면 됩니다."

그녀를 억지로 등 뒤로 밀어낸 미하엘이 손전등을 켜서 아이들의 얼굴을 살폈다.

그러자 창백한 모습의 그들이 드러났다.

"아저씨?"

"모두 두 손을 머리 위로 올려."

"하, 하지만……."

"어서!"

그의 호통에 아이들은 하는 수 없이 머리 위로 손을 올렸고, 미하엘은 그들에게서 천천히 떨어졌다.

아이들을 수색하자면 거리를 좁혀야 했건만, 그는 오히려 거리를 벌리고 있었다.

아나스타샤는 고개를 갸웃거린다.

"왜 이래요?"

"일단 밖으로 나가서 아이들의 얼굴을 다시 확인하기로 합시다."

"그게 무슨……?"

미하엘은 전장에서 쌓은 20년간의 경험으로 인해 특유의 감이 발달했다.

덕분에 극도의 위험에 처하게 되면 머리보다 살갗이 먼저 반응했다.

그는 이곳에서 아주 차갑고 음습한 기운을 느꼈고, 그 기운 때문에 일단 이곳을 나가기로 한 것이다.

서서히 뒷걸음질 치는 미하엘. 그를 따라서 아이들은 서서히 걸음을 옮기기 시작한다.

"아저씨……."

"다가오지 마!"

"크르르르릉!"

그제야 그녀는 이 상황이 별로 좋지 않다는 것을 깨달았다.

"이, 이게 무슨……?"

"나도 몰라요! 일단 나갑시다!"

"캬아아아악!"

미친 듯이 달려드는 아이들.

그 모습은 좀비도 아니고 사람도 아니었다.

한마디로 그들은 진짜 괴물의 모습으로 두 사람을 덮쳐오고 있었다.

"젠장!"

이에 미하엘은 이곳에서 도망갈 수 있는 방법을 물색했다.

"앞만 봐요! 뒤는 돌아보지 마세요!"

"네, 네!"

이윽고 그는 전투조끼에서 섬광탄을 꺼내어 안전핀을 뽑았다.

팅!

마나코어에 마그네슘을 섞어 만든 섬광탄은 약 5분간 시야를 잃게 하는 기능이 있다.

만약 저들이 생명체라면 적어도 얼마간은 시간을 벌 수 있을 것이다.

안전핀이 빠지면서 공이를 건드렸고, 이내 마나코어와 마그네슘이 빛의 폭발을 일으켰다.

우우우웅, 퍼엉!

"끼아아아아아악!"

"돼, 됐다! 효과가 있어!"

"도, 도대체 어떻게 된 일일까요?!"

"글쎄요. 나도 알 수 없습니다. 일단 부하들과 합류합시다."

두 사람은 미친 듯이 달려 다시 중앙로로 향했다.

*   *   *

화수는 마이애미에서의 승리를 기점으로 언데드에게 연이어 승리를 거두게 되었다.

마나 폭발을 기반으로 한 폭탄이 언데드에게 치명적이라는 것을 알아낸 마도학자들은 모든 무기에 같은 원리를 도입했다.

이제 모든 소총탄에는 마나 합금 탄약이 들어가게 되었고, 폭탄 역시 마나 폭발을 원리로 한 고폭탄이 도입되었다.

화수가 이끄는 연합군은 조지아 주를 시작으로 사우스캐롤라이나, 노스캐롤라이나를 거쳐 버지니아까지 진군했다.

하지만 이곳의 땅은 이제 다시 인간이 살 수 없는 독지가 되어버렸고, 더 이상 삶의 터전이 아니었다.

"지독한 놈들."

화수는 이미 죽음의 독지도 변해 버린 버지니아의 땅을 돌아다니며 연신 욕지거리를 씹어뱉었다.

마도학자들은 땅의 샘플을 채취하여 분자 구조를 연구했는데, 이미 이 땅의 모든 분자는 그 생명력을 잃어버린 지 오래였다.

언데드들이 점령한 땅은 회색의 끈적끈적한 점액질로 변하였는데, 겉보기엔 늪지대처럼 보이지만 의외로 밟으면 탄탄한 지지력을 발휘했다.

샤넬리아는 이것을 두고 데스더스트라고 명명했으며, 그 안에서 어떤 작용이 일어나는지 알아냈다.

그녀는 데스더스트가 언데드들이 만든 것으로 일정의 마이너스 에너지를 공급하는 공급원이라고 설명했다.

"아마도 적의 심장부에서부터 이 물질이 계속해서 흘러나와 지구를 병들게 하고 있는 것 같아."

"그렇다면 이 땅은 다신 사용할 수 없다는 건가?"

"그럴 수도."

"흠."

인간은 땅에서 무한한 생명력을 얻어 생활하게 된다. 그런데 그 땅이 죽음으로 물들게 된다면 이곳을 떠나 살아야 할지도 모른다.

화수는 어서 빨리 뉴욕을 점령하여 적의 심장부를 도려내야겠다고 생각했다.

"치료제는 얼마나 비축되었지?"

"약 넉 달 정도 버틸 수 있겠어. 그 이상은 추가적인 연구가 필요할 것 같아."

"그렇군."

이제 화수는 버지니아에서 벗어나 메릴랜드로 향할 준비를 서둘렀다.

"이제부터 쉬지 않고 뉴저지까지 곧장 진군하자고."

"알겠다."

지금까지 화수는 꽤 긴 휴식 시간을 두고 전진했지만, 이젠 더 이상 지체할 수가 없어졌다.

때문에 그는 서둘러 북진을 꾀했다.

그는 백야함을 필두로 자신이 가진 모든 병력을 이끌고 뉴저지로 향했다.

버지니아에서 메릴랜드까지 진군하는 데 걸린 시간은 고작 하루. 이제 화수는 이곳에 진을 펼치지 않고 몇 개의 소초만 편성한 채 다시 북진했다.

어차피 비행단이 메릴랜드와 뉴저지를 오가는 데 걸리는 시간은 10분이면 충분했기 때문이다.

화수는 해군을 연안에 집중시킨 채 마나폭탄 습격을 감행했다.

"전 함대, 포격 준비!"

ー포격 준비 완료!

"발사!"

ー발사!

마나 폭발을 일으키는 함포들이 애틀랜틱 시티와 오션 시티를 무차별 포격하기 시작했고, 언데드들이 지은 건물과 그들이 부화시킨 정체불명의 생물들이 속절없이 사라지기 시작했다.

화수는 그 여세를 몰아 공중 전력을 북쪽으로 진군시켜 적의 주요 전력을 궤멸시키기로 했다.

"공군 전력, 모두 집중해서 북으로 이동합시다."

"예, 장관님!"

백야함은 한국군 공군 전력을 모두 끌어 모아 전진을 시작했지만, 그것이 그리 쉽지만은 않았다.

언데드 군단의 비행 전력은 생각보다 고강했고, 그들의 물량 공세는 상상을 초월했다.

—제1비행사단, 전멸입니다!

"뭐, 뭐라?! 전멸?!"

"저들의 전력이 막강합니다! 이쯤에서 뉴저지 남부에 진을 치는 것이 좋겠습니다!"

"젠장!"

적의 심장부를 목전에 두고 돌아서야 하는 화수의 심장은 이루 말로 표현할 수가 없었다.

하지만 이대로라면 아군이 전멸하는 것은 순식간일 터이다.

"…기수를 돌립시다."

"예, 장관님."

그는 부관들에게 후퇴를 명령해 놓곤 이내 깊은 생각에 빠겨들었다.

*   *   *

미하엘과 아나스타샤는 간신히 경찰서를 빠져나온 후 부하들과 함께 자신들을 먹어 치우려 한 열 명의 아이들을 전부 사살했다.

머리를 꿰뚫어 사살시킨 아이들은 전부 비정상적인 구조를 가지고 있었다.

경찰서에 남아 있는 기록으로 미뤄 보아 이들은 모두 이곳의 원주민으로 보였는데, 언데드가 창궐하면서 변이한 것 같았다.

하지만 그들은 모두 지성을 가지고 있었으며, 심지어는 미하엘과 아나스타샤를 속여 먹이로 삼으려 했다.

그녀는 아무래도 좀비들이 돌연변이를 일으키고 있는 것이 아닌가 싶었다.

그러나 아나스타샤는 이곳에서 뭔가 좀 특이한 것을 발견했다.

원래 언데드들은 대지를 오염시켜 자신들만의 공간을 만들면서 해당 지역을 점령하지만, 이곳은 대지가 오염된 기미가 전혀 보이지 않았다.

노바스코샤에 기지를 세우는 것이 불가능했는지, 아니면 이곳에 일부러 기지를 세우지 않은 것인지는 명확하지 않았다.

그녀는 조금 더 마을을 돌아다니며 단서를 찾기로 했다.

"1조와 2조는 서부와 동부, 나머지 병력은 나와 함께 북부로 향한다."

"예, 알겠습니다."

"만약 생존자를 발견하면 긴장을 늦추지 말고, 반항하면 무조건 발포하도록."

"예."

이곳에 있는 사람들은 엄연히 말해 비감염자가 아닌 보균자였다.

한마디로 언제 돌연변이를 일으켜 언데드가 되어도 전혀 이상할 것이 없다는 소리다.

부하들과 함께 마을 북부로 이동한 미하엘은 관공서와 슈퍼마켓 같은 큰 건물을 먼저 수색하고 지하로는 들어가지 않고 육성으로 자신들이 왔음을 전달했다.

"거기 누구 있어요?! 연합군입니다!"

아직 해가 뜨지 않았고, 더 이상의 위험을 감수할 수 없어 지하엔 들어가지 않은 미하엘은 잠정적으로 하나의 수색 지역만을 남겨두고 있었다.

그곳은 바로 마을의 보건소였다.

그는 부하들을 모아 보건소를 동그랗게 포위한 후 정면으로 들어가 수색을 펼쳤다.

쿵쿵쿵!

"연합군입니다! 안에 사람이 있다면 대답하세요!"

"……."

아무런 대답이 없는 건물. 일단 미하엘은 부하들과 함께 일제히 섬광탄을 건물 안으로 집어 던졌다.

팅, 퍼엉!

건물 전체가 눈부신 섬광으로 번쩍이더니 이내 안에서부터 괴성이 들려오기 시작했다.

"끼에에에에에엑!"

"언데드다!"

"전원, 일제히 발사!"

두두두두두두두!

비록 마나를 섞은 탄은 아니지만 만약 언데드의 머리나 심장에 적중한다면 충분히 제압할 수 있었다.

보건소를 거의 벌집으로 만들다시피 한 미하엘은 이 근방에서 동이 틀 때까지 기다리기로 했다.

굳이 지금 안으로 들어가 위험을 감수하면서 전투를 벌일 이유는 어디에도 없었기 때문이다.

"이곳에서 이대로 대기한다!"

"예!"

그들은 지향 사격 자세로 동이 트기만을 기다렸다.

약 세 시간 후, 드디어 동쪽에서부터 해가 떠오르기 시작했다.

미하엘은 계속해서 지향 사격 자세를 취하고 있다가 건물 안으로 햇빛이 쏟아져 들어가자 이내 건물 안으로 돌입했다.

콰앙!

그리곤 보건소 안을 샅샅이 뒤져 또 다른 감염자가 있는지 확인했다.

"치료실, 클리어!"

"처치실, 클리어!"

"약품 창고도 이상 없습니다!"

그는 바닥에 널브러져 있는 언데드들의 주검을 발로 툭툭 건드려 숨이 붙어 있는지 확인해 보았다.

"……."

"죽은 것 같군. 만약 움직임이 있다면 권총으로 머리를 날려 버리도록."

"예, 알겠습니다."

계속되는 수색, 미하엘은 보건소의 이곳저곳을 둘러보다

가 천장에 아주 미세한 실금이 간 부분이 있음을 깨달았다.

그리곤 부하들에게 이 사실을 수화로 전달했다.

'11시 방향 천장에 실금이 가 있다. 저곳을 수색한다.'

'입감.'

병사들은 두 개의 크로우 바로 실금이 간 곳에 뾰족한 부분을 끼웠다.

'됐습니다.'

'내가 신호하면 천장을 뜯어내고 발포를 준비한다.'

'예!'

'하나, 둘, 셋!'

두 명의 병사가 동시에 실금이 간 곳을 뜯어내자 그 안에서 사람이 쏟아져 내렸다.

쿵쿵쿵!

철컥!

"손들어! 움직이면 쏜다!"

"사, 살려주세요!"

"이쪽으로 천천히 나와!"

"저, 저희들은……."

"손들고 밖으로 나와! 수하에 불응하면 발포하겠다!"

대략 열 명의 남녀는 두 손을 번쩍 든 채 햇빛 아래로 나와 무릎을 꿇었다.

미하엘은 아까 전 이곳에 있던 언데드들이 모습을 숨기고 있는 것은 아닌지 싶어 계속해서 질문을 이어나갔다.

"당신, 빨간 옷!"

"네, 네?!"

"이름이 뭡니까?"

"마이클 헨더슨… 입니다."

"사는 곳은?"

"노바스코샤 남부입니다."

"그런데 어째서 노바스코샤 북부까지 오게 되었죠?"

"…놈들의 추격을 피해서 도망 다니다가 이곳까지 왔습니다. 이곳엔 저희 형 내외가 살고 있었거든요."

"그들은 지금 어디에 있습니까?"

그는 손가락으로 바닥에 누워 있는 언데드를 가리켰다.

"저기……."

"저 사람, 아니, 언데드가 당신의 형입니까?"

"…정확히 말하자면 사람이었지요."

"흠."

지금 당장 그가 안전한 인물인지 알아볼 수 있는 방법은 없었다.

하지만 최소한 그가 인간인지 언데드인지 판가름할 수 있을 때까진 안전을 취해야 할 것이다.

"일단 오늘까지 언데드인지 아닌지 판단하겠습니다. 모두들 포박해."

"예, 알겠습니다."

아나스타샤는 그들의 앞을 막아서며 말했다.

"잠깐만요! 이러는 법이 어디에 있어요?! 이들은 분명 사람이란 말이에요!"

"당신은 아까도 똑같은 말을 했습니다. 그러다 우리 모두 죽을 뻔했지요."

"그, 그건 그렇지만……."

"지금 당장 죽인다는 것이 아닙니다. 그냥 안전한 것인지 아닌지 확인해 보겠다는 거지요."

"그래도……."

열 명의 남녀는 스스로 손을 뒤로 포갠 후 무릎을 꿇었다.

"죽이지만 않는다면 포박이야 얼마든지 당할 수 있습니다."

"그, 그렇지만 일반인을 묶는 것은 말도 안 되는 일이라고요."

"괜찮아요. 우리도 이곳까지 오면서 별의별 경우를 다 보았습니다. 지금 저 사람이 우리를 이렇게 다루는 것도 무리는 아닙니다. 아니, 당연한 일이지요."

"언데드들은 발전했습니다. TV에서 본 그런 모습이 아니었어요."

"그럼······."

"듣기론 땅을 오염시키면서 살아간다고 하더군요. 하지만 이젠 그게 아닙니다. 언제 어디서 잠복했다가 나타날지 모릅니다. 심지어 나 자신조차 신뢰를 못하겠어요."

그녀는 고개를 갸웃거렸다.

"당신의 형은 언데드에게 물려서 감염된 것이 아닌가요?"

"아닙니다. 언젠가부터 사람이 이상해지더니 결국 저 모양이 되어버렸지요. 아무런 징후도, 특별한 감염 증상도 없었습니다."

아나스타샤는 이 상황이 바로 바이러스의 돌연변이 현상이라는 것을 알 수 있었다.

만약 이 사람의 말이 사실이라면 지금 미하엘은 아주 옳은 방법으로 상황을 이끌어 나가고 있다는 소리였다.

"좋아요. 그럼 당신의 말대로 이곳에서 지켜보도록 하지요."

"잘 생각하신 겁니다."

"또한 당신들의 혈액 샘플과 이 시신들의 혈액 샘플을 대조하는 실험을 진행할 겁니다. 동의하시죠?"

"물론입니다."

그녀는 이곳에 모여 있던 사람들의 혈액 샘플을 모두 채취하여 실험에 착수했다.

*　　　　*　　　　*

　노바스코샤 북부에 체류한 지 일주일째.

　미하엘은 생존자들을 경찰서 감옥에 가두어놓았다.

　아직까지 실험이 끝나지 않았기 때문에 내린 결단이다.

　아나스타샤는 죽어 있는 언데드들의 혈액을 채취하여 분석했는데, 그 안에선 그 어떤 생물학적 특성도 나타나지 않았다.

　한마디로 그들은 인간이라고 볼 수 없을 정도로 변한 것이다.

　그에 반해서 이곳에 있던 사람들의 혈액은 정상이었지만, 일반인과 조금 다른 특징을 나타내고 있었다.

　백혈구와 적혈구로 이뤄진 혈액 안에 일반적인 백혈구와는 조금 다른 형태의 무언가가 끼어 있었다.

　이 형질은 지금까지 그 어떤 학계에서도 발표된 바가 없는 신 형질의 세포였다.

　아직까지 그 세포들은 별다른 활동을 펼치지 않고 있지만 그 크기는 계속해서 자라나는 중이었다.

　세포분열을 일으키지 않는다는 것은 증식하지 않는다는 것이지만, 크기가 커진다는 것은 성장하고 있다는 증거이다.

아나스타샤는 이것이 바로 그들이 말한 잠복 기간을 뚫고 나온 바이러스의 정체가 아닐까 하고 생각했다.

만약 그녀가 생각이 맞는다면 이들 열 명은 모두 보균자이며, 노바스코샤는 청정 지역이 아니라 돌연변이의 시작 지역이라는 소리였다.

미하엘은 그녀의 보고를 듣고는 연신 고개를 갸웃거린다.

"도대체 이 지역에 무엇이 있기에 이런 말도 안 되는 일이 벌어졌다는 겁니까?"

"지금 그것을 조사하려는 중이에요. 생존자들의 혈액 샘플에서 그 정체불명의 세포를 분리해서 따로 분석하는 것이지요."

"그 과정이 얼마나 걸리겠습니까?"

"적어도 하루 이틀은 기다려야 해요. 그렇다고 해서 분석이 100% 가능하다는 것은 아니지만요."

"흠."

미하엘은 한 구역에 오래 머무르는 것은 결코 좋지 않다고 생각했다.

하지만 그렇다고 해서 여기에서 도망쳐 다른 곳으로 이동한다면 연구는 진척되지 않을 것이다.

"잠수함을 이 근방에 정박시켜 놓고 일주일간 연구에 몰입하십시오. 그 이후엔 이곳을 버리고 북서부로 이동합니다."

"알겠어요."

그녀는 목숨을 걸고 연구를 계속해 나갔다.

미하엘은 자신의 부관으로 10년간 일한 맥스에게 밀명을 내렸다.

아나스타샤가 다니는 곳이라면 그 어디라도 따라다니면서 감시하고 그 동태를 모조리 자신에게 보고하라는 것이었다.

그는 이번 연구가 시작됨과 동시에 그녀를 의심하고 있었다.

이곳에 있던 사람들은 대부분 언데드로 변하였고, 그녀 역시 이곳에서부터 도망쳐 나왔다고 했다.

그렇다면 그녀 역시 언데드일 확률을 배제할 수 없다는 소리였기 때문이다.

미하엘의 막사.

맥스가 다가와 거수경례를 올렸다.

척!

"장군, 보고 드리겠습니다."

"말하게."

"지금 그녀는 하루 종일 연구실에 틀어박혀 혈액 샘플만 들여다보고 있습니다."

"다른 행동은?"

"그다지 특이 사항은 없는 것 같습니다. 다만……."

"다만?"

"신경이 좀 날카로워진 것? 예전보다 조금 까칠해진 것 같습니다."

"흠."

"하지만 그것은 개인적인 문제라서 이유를 알아내긴 좀⋯⋯."

"뭐라?"

"여자들은 한 달에 한 번씩 마법에 걸리지 않습니까?"

그제야 미하엘은 무릎을 쳤다.

"아, 아하."

"특이 사항으로 볼 것만은 아닌 것 같아서 말씀드리지 않으려 했습니다."

미하엘은 가만히 그의 얘기를 듣고 있더니 이내 고개를 가로저었다.

"으음, 아니야. 신경이 날카로워지는 것은 어쩌면 전조현상일 수도 있다네. 계속해서 그녀를 감시하도록."

"예, 알겠습니다."

그는 점점 이 노바스코샤라는 지역이 의심스럽게 느껴졌다.

2장

인류를 구원할 방법

영국 런던의 안전가옥.

이곳의 지하에 인간에게 투항한 데이몬이 머물고 있었다.

화수는 미국에 군대를 주둔시켜 놓고 데이몬이 머물고 있는 안전 가옥을 찾아왔다.

쏴아아아아!

오늘도 영국의 하늘은 장대비를 쏟아내고 있었고, 화수는 소주를 한 병 가져다 놓고 데이몬과 마주 앉았다.

꿀꺽!

"크흐, 좋군!"

"술이라… 아주 그리운 물건이구려."

"한잔하시겠소?"

"아니요. 어차피 난 술을 마실 수가 없소. 아니, 인간의 음식은 먹을 수가 없다는 것이 맞겠지."

"안되었소이다."

"내 운명이 이렇게 기구한 것을 어쩌겠소?"

화수는 데이몬에게 그가 이곳까지 온 연유와 경유에 대해서 물었다.

"그 기구한 운명이라는 것이 과연 어떤 것인지 한 번 들어볼 수 있겠소?"

"꽤 지루할 것이오만?"

"괜찮소. 오늘 하루는 전선에서 빠져나와 당신과 얘기를 나눌 참이었으니."

"좋소, 그대가 원한다면야……."

데이몬은 자신이 어째서 이곳까지 왔는지에 대해 설명했다.

"나는 일국의 황제였소. 당시 우리 세계에선 내가 절대자라고 할 수 있었지."

"절대자라……. 지금의 권위와 비교하면 어떻소?"

"대부분의 절대자가 그러하듯 그 세계에서 나를 넘어설 수 있는 권력자는 아무도 없었소."

"무소불위 권력이라……."

"원해서 된 황제는 아니었지만 나름대로 나는 무소불위의 권력으로 세상을 바꾸고 싶었소."

"그래서 바꾸었소?"

그는 씁쓸한 표정으로 고개를 가로저었다.

"세상일은 권력으로만 돌아가는 것이 아니더이다."

"그렇지. 세상은 권력만으로 돌아가는 것이 아니지. 제왕학에서 자주 나오는 대목이 아니오?"

"맞소. 대부분의 군주들이 제왕학을 배우지만 그것을 제대로 실천할 수 있는 사람은 아마 없을 것이오."

이어서 데이몬은 자신이 악마로 변모하던 시절을 상기했다.

"그렇게 권력에 흠뻑 취해서 살아가다 제국이 멸망할 위기에 놓였소. 백성들은 굶주렸고, 제후들은 나를 압박해 오고 있었다오. 그러던 중 나의 뇌에 자리 잡고 있던 종양이 터지면서 악마가 깨어났소."

"종양?"

"아마 종양이라고 생각한 것은 악마가 내 안에 심어두었던 악의 씨앗이 아니었나 생각하고 있소."

"흠."

화수는 노바스코샤 북부에서 비슷한 일이 일어났다는 보

고를 들었다.

아마도 데이몬 역시 비슷한 방법으로 인해 언데드가 된 것이 아닌가 싶었다.

"나는 어리석게도 그깟 종양에 조종당하여 언데드의 왕이 되었소. 마족의 왕. 한마디로 나는 그들의 꾐에 넘어가 마왕이 된 것이오. 그때 나의 몸은 마족으로 변해 버렸고 영혼은 병들어 버렸소."

"그런데 어쩌다 기억이 돌아온 것이오?"

그는 회한에 가득 찬 눈동자로 화수를 바라보며 말했다.

"내 오랜 친구가 썩어가는 내 머릿속을 다시 정화시켜 주었소. 나와 대의를 함께하던 위대한 마도학자 카미엘 말이오."

순간, 화수는 자신의 귀를 의심했다.

"뭐, 뭐요? 방금 뭐라고 하셨소?"

"내가 마왕으로서 내 고향을 죽음으로 물들이고 지구까지 왕림했을 때, 내 친구 카미엘의 목소리가 들렸소. 잘못된 방향으로 가고 있다는 것을 깨달으라고 말이오."

"……."

화수는 지금 데이몬에게 아무런 말도 할 수가 없었다.

할 말을 잃은 화수에게 데이몬은 떨리는 목소리로 말했다.

"…만약 용서를 구할 수 있다면 영혼이라도 팔겠소. 하지만 카미엘은 나를 죽어서도 용서하지 못할 것이오. 난……."

"…이미 용서했소."

"……."

둘은 한동안 아무런 말없이 서로를 바라보고 있었다.

*　　　*　　　*

오랜 친구와의 재회.

화수는 그 재회가 이런 식으로 이뤄질 줄은 꿈에도 알지 못했다.

추악한 마족의 왕으로 변해 버린 그는 화수가 가장 아끼던 친구 레비로스였다.

화수는 술잔에 담긴 소주를 바라보며 말했다.

"내가 이 소주를 왜 가장 좋아하는지 아는가?"

"미란츠?"

"그래, 그 싸구려 술 미란츠와 아주 많이 닮아 있거든. 이 주정으로 만든 싸구려 소주가 내 젊은 날을 상기시켜 준 거야."

"젊은 날이라……. 지금도 자네는 충분히 젊어."

"후후, 몸만 그렇지."

오랜만에 만난 두 친구는 회포를 풀 새도 없이 급박하게 돌아가는 이 상황을 어떻게 끝내야 할지 고민할 수밖에 없었다.

"그나저나 지금 인간의 군대는 저들을 이길 수 없어. 레비로스, 자네의 말이 맞아."

"하지만 방법이 아주 없는 것은 아니네."

"방법이 있겠나?"

"자네의 옛 동료들을 끌어 모으게."

"동료들을?"

"내가 죽기 전에 마도병단을 서부 사막으로 보낸 후 자네의 영지를 오가며 상단을 꾸리도록 명령했다네. 알다시피 마도병단은 늙어 죽을 일이 없으니 지금 찾아가도 아마 살아 있을 거야. 그들을 데리고 오게."

"하지만 어떻게? 내가 지나갈 수 있는 아공간은 이미 없어졌다네."

"우주로 가게."

"우주?"

"내가 이곳으로 차원이동을 해오면서 지구 인근 행성에 블랙홀이 생겼네. 그곳을 통과해 간다면 충분히 차원 이동을 완성할 수 있을 걸세."

"하지만 인간의 기술로는 블랙홀을 통과할 수 없어. 자네도 그건 잘 알 것이 아닌가?"

"나를 데리고 가게."

"자네를?"

"내가 가진 마이너스 에너지라면 충분히 블랙홀을 빠져나
갈 수 있어. 그곳에서 마도병단을 데리고 다시 이곳으로 오자
고."

"흠."

"자네의 기술력이라면 충분히 가능하리라고 믿네. 더군다
나 과학이라는 학문은 마도학을 한껏 증폭시켜 주는 것 같더
군."

사실 지금 화수가 백야함을 조금만 개조한다면 블랙홀을
지나 루야나드로 되돌아가는 것쯤은 그리 어려운 일이 아니
다.

하지만 화수와 레비로스가 없는 이곳이 과연 제대로 돌아
갈지가 의문이었다.

"만약 우리 둘 모두 이곳을 떠났다가 일이 잘못되면 어쩌
나?"

"자네가 가지 않아도 지구는 종말을 맞을 걸게."

"…벼랑 끝에 내몰린 것이군."

그는 화수의 어깨를 두드리며 말했다.

"자네의 측근들을 믿게. 그리고 자네가 일궈 놓은 모든 것
을 믿게나. 저들은 결코 자네를 실망시키지 않을 거야."

"그럴 수밖에 없는 건가?"

"자신을 믿어."

화수는 이내 고개를 끄덕였다.

"좋네, 자네의 말대로 하지."

"잘 결정한 걸세."

이윽고 화수는 남은 소주를 모두 다 비우고 샤넬리아를 찾아가기로 했다.

＊　　　＊　　　＊

샤넬리아를 비롯한 마도학자들, 그리고 화수의 모든 측근은 도저히 믿을 수 없는 얘기를 듣곤 충격에 빠져 있었다.

"…블랙홀을 넘나들겠다고?"

"우리의 이론으론 불가능하지만 마도학과 마이너스 에너지만 있다면 불가능할 것도 없다."

그녀는 묵묵히 입을 다물고 있는 레비로스에게 물었다.

"이봐, 황제. 정말이야?"

"그렇다네, 자네들이 이곳을 지켜준다면 나와 카미엘이 마도병단을 데리고 올 수 있어. 그렇게 된다면 이 전쟁은 우리가 이길 수 있어."

"하지만 두 사람이 자리를 비운 사이에 우리가 패배하기라도 한다면?"

"난 샤넬리아, 자네가 가지고 있는 가능성을 아주 높게 평가한다네. 이전 나르서스 제국에서도 그랬고 지금도 그럴 것이라고 믿어."

"……."

이윽고 레비로스는 화수의 측근들에게 말했다.

"당신들 또한 그녀를 도와 이 지구를 지켜낼 수 있을 거라 믿소. 카미엘의 마도학을 전수 받았다면 충분히 가능하오. 위대한 마도학자 카미엘이 닦은 기반에 그대들의 재능을 더한다면 마족을 막아낼 수 있단 말이오."

로이드는 모든 얘기를 듣곤 연신 고개를 가로저었다.

"좋아, 만약 당신이 옳다고 칩시다. 하지만 그곳과 이곳을 오가는 동안 아무 일도 없다고 누가 장담한단 말입니까?"

"아무도 장담할 수 없소."

"허, 허어!"

"하지만 우리가 모험을 하지 않는다면 저들을 막아낼 수 없을 것이오."

레비로스는 지금 자신이 느끼고 있는 것들에 대해 설명했다.

"내가 느끼고 있는 전황에 대해 설명하자면 이렇소. 저들은 계속해서 진화하고 있고, 그 병력은 지금 1억이 넘어가고 있소. 이제 곧 그 병력은 2억으로 불어날 것이고, 지구의 절반을 언데드로 물들일 날이 그리 머지않았다는 것이오. 그런데 이처럼 우리가 탁상공론이나 하고 있다면 어떻게 되겠소?"

"하지만……."

"다녀오십시오."

"뭐, 뭐?!"

노발대발하는 로이드의 입을 막은 사람은 다름 아닌 리처드였다.

"형님이 원하시는 것이라면 그렇게 하십시오. 지금까지 우리는 형님이 이끄는 대로 왔습니다. 그 방향은 한 번도 틀린 적이 없습니다."

"…만약 형님이 틀린다면?"

"그래도 가야 한다. 그게 우리가 살아가는 방식이야."

지금까지 리처드는 화수가 말도 안 되는 일을 시켜도 그저 묵묵히 그를 따라왔다.

그래서 지금까지 올 수 있었고, 앞으로도 그가 무슨 일을 시키든 지금처럼 묵묵히 따를 것이다.

리처드의 의견은 베네노아와 찬미에게도 전달된 것 같았다.

두 사람 역시 그의 말을 공감한다는 듯이 고개를 끄덕였다.

"맞아요. 사부님이 계시지 않았다면 난 지금쯤 쓸모없는 사람으로 낙인찍혀 병원에서 늙어가고 있겠죠. 하지만 지금은 살아 있음을 느끼고 있어요. 사부님이 가시는 길이라면 나도 갑니다."

"저 역시 마찬가지입니다. 보스께서 저를 갱생시키지 않았다면 지금의 나는 있을 수 없습니다."

로이드는 더 이상 자신이 어쩔 도리가 없음을 깨달았다.

"후우, 당신들이 다 그렇다면……."

화수는 로이드의 어깨에 손을 올리며 말했다.

"난 반드시 돌아온다. 내가 너를 실망시킨 일이 있었나?"

"없습니다."

"그럼 이번에도 나를 믿어라. 나는 너에게 또 한 번의 영광을 안겨줄 것이다."

"알겠습니다. 저는 형님을 믿습니다."

샤넬리아는 그런 두 사람을 보며 연신 투덜거렸다.

"아주 신이 났군. 못 돌아오면 평생 저주하면서 살 거다!"

"걱정하지 마라. 그럴 일은 없을 테니."

화수는 측근들을 설득한 후 곧바로 비행선 개조에 착수했다.

*　　　*　　　*

레비로스가 말한 블랙홀의 위치를 좌표로 계산해 보니 지구에서 약 7,000만km 떨어진 곳, 그러니까 지금 지구와 가장 가까운 행성인 화성 인근이라는 것을 알 수 있었다.

한마디로 지금 화성까지 이동해야 간신히 블랙홀에 도달한다는 소리다. 그것도 자전 주기에 의해 가장 가까워지는 시기에나 대략 7,500만km이다. 현재 지구와 화성과의 거리는 2억km나 떨어져 있었다.

인간이 현재까지 구현한 가장 성능이 좋은 무인위성 큐리어시티가 화성까지 가는 데 걸린 시간이 8개월 보름이다.

그러니까 1년 조금 안 되는 시간 동안 계속해서 항해한다면 화성에 닿을 수 있다는 소리다.

하지만 이것은 어디까지나 화수가 마도학자가 아닌 그저 일반적인 과학자라는 가정 하에 계산된 수치다.

그는 현재 개발된 우주선보다 약 10배가량 빠른, 그러니까 이곳에서 화성까지 20일 정도만에 도착할 수 있는 우주선을 개발했다.

우주선의 선체를 오리하루콘 합금으로 도금하고 그 안을 마나코어로 제작하게 되면 광속에 의한 압박에서 자유로울 수 있다.

여기에 마나복합로켓을 얹어 비행하게 되면 인간의 한계라고 알려진 광속에 접근할 수 있게 되는 것이다.

이론적으로는 충분히 가능한 여행이지만, 막상 우주에 나갔을 때엔 과연 그것이 말처럼 가능할지는 미지수이다.

아직까지 유인우주선이 화성에 닿은 적은 단 한 번도 없기 때문이다.

샤넬리아는 태양광과 수소로 연료를 충당하는 마나코어 수소연료장치를 개발하여 우주선에 부착하기로 했다.

우주의 거의 모든 공간을 형성하는 수소를 연료로 사용하게 되면 우주 어디를 가든 우주선이 멈추지 않는다는 소리다.

이 모든 것을 가능케 하는 것은 다름 아닌 마법과 연금술이다.

우주선에는 마법진이 새겨진 대형 마나코어가 내장되어 있는데, 이 마나코어는 수소에 노출되면 스스로 연금술을 일으키는 연쇄 작용 기능이 있다.

그래서 우주선은 수소에 닿기만 해도 연료를 생성하여 동력을 만들어낸다.

여기에 복사열 충전지를 부착하여 비행하는 내내 전지를 충전시켜 최소한의 에너지로 비행할 수 있다.

그러니까 우주선에 들어간 동력장치는 반영구적 전지나 다름없다는 것이다.

치지지지직!

그녀는 마도학자들과 함께 직접 우주선을 제작하고 있었는데, 지금은 마나코어 수소연료장치의 핵심인 엔진과 터빈을 만들고 있었다.

우주선의 엔진은 총 여섯 개로, 두 개는 우주선의 후미에 붙어 있고 나머지 네 개는 날개에 붙어 있다.

그리고 우주선의 바닥에는 보조 엔진이 장착되어 있어 급제동과 후진, 수직 발진이 가능하다.

"……."

입을 꾹 다문 그녀는 아무런 말이 없었지만, 용접 하나하나에 영혼을 싣고 있는 것은 틀림없었다.

벌써 열 시간째 작업을 계속하던 그녀에게 베네노아가 물었다.

"자네는 보스가 돌아오지 못할 것이라고 생각하는가?"

"…인간이 살아갈 수 없는 곳이 바로 블랙홀이다. 그건 당신이 과학자가 아니라도 충분히 알 수 있을 텐데?"

"그래서 저 마왕이라는 사람이 따라간다고 하는 것 아닌가?"

"…그건 그저 이론에 불과해. 그런 여행에 목숨을 건다고?"

"사람은 항상 도박에 목숨을 걸게 마련이지."

그녀는 더 이상 대답하지 않고 작업을 계속해 나갔다.

　　　　*　　　　*　　　　*

　지구에서 최초로 화성까지 25일 안에 도착할 수 있는 비행선을 만든 샤넬리아는 여전히 마뜩찮은 표정을 짓고 있었다.

　"…지금 보는 이 옷이 바로 마나코어 합금으로 만든 우주복이다. 스스로 산소를 생성할 수 있지. 옷 안에 마법진이 들어 있어 수소를 산소로 바꿀 수 있는 것이다. 만약 이 마법진이 깨지면 옷은 더 이상 산소작용을 할 수 없어."

　"그럴 땐 내가 스스로 마법을 운용해야겠군."

　"뭐, 그렇다고 볼 수 있지."

　만약 인간이 우주로 나가면 보호해 줄 우주복 없이는 절대로 버틸 수가 없다.

　그러니까 지금 그녀가 만들어놓은 이 장비들은 모두 생존을 위해 필요한 필수 도구라는 소리이다.

　이윽고 그녀는 자신이 계산한 텔레포트의 마법 공식과 발동 이론에 대해 설명했다.

　"네가 그곳에 도착해서 임무를 완수하면 3만의 병력과 함께 이곳으로 돌아와야 한다. 그런데 그들 개개인의 마력으론 그것을 다 충당할 수가 없어."

　"그럼 무언가 또 조건이 있나?"

"아직까지 부패하지 않았을 네 시신이 필요하다."

"시신?"

"너의 시신은 황궁 안에 보관되어 있다. 아마 좀비들의 습격을 받았다곤 해도 아직 본모습 그대로 보존되어 있을 거야."

"만약 이곳과 시간이 맞지 않아서 내가 썩어서 없어졌다면?"

"…방법이 없지. 그저 네가 아직 살아 있을 것이라고 믿는 수밖에."

"흠."

"지금 루야나드로 돌아간다는 것 자체가 도박이다. 네 시체가 썩지 않았다는 것을 기대하는 수밖에."

이윽고 그녀는 고이고이 간직하고 있던 열쇠를 하나 건넸다.

"그리고 이것을 받아."

"이게 뭔데?"

"내가 황실 수석연금술사로 내정되었던 당시 받은 비밀 창고의 열쇠야. 그 안에는 그동안 내가 만들어놓은 마나코어가 쌓여 있어. 연금술사들이 만든 마나 연료도 꽤 들어 있고."

"고맙군."

연금술사들은 대기 중에 떠다니는 마나를 고체로 만들어

연료로 사용하곤 했는데 그 값이 상상을 초월했다.

그 때문에 연금술사들은 비밀리에 창고를 만들어 자신들의 생존 전략을 수립했다.

자신이 할 수 있는 모든 것을 한 샤넬리아는 이내 돌아섰다.

"다시 돌아오면 보자고. 난 그동안 못 잔 잠이나 잘 테니까."

"고맙다."

"…꺼져."

이윽고 그녀는 사라져 버렸고, 화수와 레비로스는 우주선을 이끌고 평양 군사기지로 향했다.

평양 군사기지에는 한국군 소속 공군 장교들과 국방부 과학자들이 모여 화수의 우주 비행을 준비하고 있었다.

각 분야의 최고들이 모여 만든 드림 팀은 오로지 두 사람의 비행만을 위해 무려 보름 동안이나 쉬지 않고 작업에 몰두해야만 했다.

그 결과 이곳에서 화수의 우주선을 대기권 밖으로 날릴 수 있는 임시 정거장을 마련할 수 있었다.

화수와 레비로스는 샤넬리아가 만든 우주복을 착용한 후 곧장 우주선에 올랐다.

우주선에는 화수가 먹을 1년 치 식량과 물, 그리고 항법 장치 가동을 위한 마나코어 합금 전지가 가득 채워져 있었다.

—이제 곧 우주선이 출발합니다. 주변에 있는 모든 일반인은 이 지역에서 물러나 주십시오.

국방부에서 위험을 알리는 방송이 송출되자 이 장면을 대중 매체로 전달하기 위해 모여든 기자들이 안전 펜스 밖으로 이동하기 시작했다.

그 행렬에는 화수의 누이 희수와 연인인 세라도 함께 섞여 있었다.

"흑흑, 화수야!"

"괜찮아. 꼭 다시 돌아올 테니까."

"저, 정말 그럴까요?"

"물론이지. 화수는 결코 우리를 저버릴 사람이 아니야. 내가 장담할게."

"고마워요, 언니."

두 사람은 이제 곧 시작될 카운트다운을 지켜보기 위해 신경을 곤두세웠다.

—우주선, 출발합니다. 10초 후에 카운트다운 시작합니다.

항공 우주기술자들은 오로지 카운트다운에만 온 신경을 집중시켰다.

그리고 잠시 후 화수와 레비로스를 태운 우주선이 하늘 높이 날아오르기 전 카운트다운이 시작됐다.

—5, 4, 3, 2, 1, 발사!

쿠쿠쿠쿠쿵, 콰앙!

마나코어가 연소하면서 생겨난 푸른색 연기가 주변을 가득 채웠고, 화수와 레비로스를 태운 블루스카이호가 하늘 높이 날아올랐다.

*   *   *

화수를 태운 우주선은 이제 대기권을 지나 성층권을 통과하고 있었다.

휘이이이이잉!

엄청난 추진력으로 인해 화수와 레비로스의 몸은 서서히 뒤로 젖혀졌고, 항법 장치는 이제 비행기가 중간권을 지나 열권에 진입한다는 메시지를 띄웠다.

—선체의 온도가 상승합니다. 마나코어를 가동하여 복사열 전지 충전을 시작합니다.

철컹!

마나코어가 작동함과 동시에 복사열 충전지가 자가 충전을 시작했다.

그리고 그와 동시에 복사열을 후방 부스터에 전달하여 처음이자 마지막인 연료통 분리가 이뤄졌다.

　대기권 밖으로 우주선을 빠르게 쏘아보내기 위해 만들어진 연료통은 자가 충전이 시작됨과 동시에 분리되어 대기권을 부유하다가 없어질 것이다.

　―1차 분리 완료, 마나복사열 부스터를 사용합니다.

　F1그랑프리에 사용했던 부스터와 비슷한 구조의 우주선의 부스터가 발동되면서 마지막으로 열권을 벗어났다.

　위이이잉, 퍼엉!

　―열권을 벗어나 우주 궤도에 진입했습니다. 항로를 설정해 주십시오.

　화수는 레비로스가 말한 블랙홀에 대한 좌표를 입력했고, 항법 장치는 약 20일간의 여정을 시작했다.

　―항법 장치 관리자입니다. 지금부터 우주선은 항법 장치 관리자가 제어하겠습니다. 선원들은 이제 자유행동을 해도 좋습니다.

　지금부터 사람의 손길은 전혀 필요치 않기 때문에 두 사람은 잠을 자거나 휴식을 취하면 된다.

　하지만 지금과 같은 상황에서 잠이 올 리가 없는 화수와 레비로스이다.

　"20일이라… 꽤나 긴 여행이 되겠군."

　"술이나 한잔할까?"

"좋지."

화수는 지구에서 챙겨 온 소주를 꺼내놓고 레비로스와 마주 앉았다.

비록 술을 마실 수 없는 레비로스이지만 대작하는 분위기를 연출하는 것은 그리 어렵지 않았다.

두 사람은 지금까지 술을 마셔오면서 술 같지도 않은 술을 마셔본 경험이 많았다.

그럼에도 불구하고 두 사람은 아주 신나게 술자리를 즐겨왔다.

그들은 술자리를 함께한 사람과 그 의미가 중요하다고 생각할 뿐, 맹물이라도 술이라고 생각하면 술이고 물이라고 생각하면 물이라고 생각한 것이다.

"한 잔하지."

팅!

유리로 만든 소주잔에 술을 가득 채운 화수는 술을 넘겼고, 레비로스는 그냥 물을 마셨다.

이제 레비로스는 슬슬 마계의 마이너스 에너지가 마나로 바뀌면서 신체 구조가 서서히 인간으로 돌아오고 있었다.

하지만 평생 진짜 인간처럼 살 수 없을 것은 당연했다.

하지만 두 사람의 지론처럼 인간이라고 생각하면 인간인 것이고, 마족이라고 생각하면 마족인 것이다.

두 사람은 레비로스의 몸은 크게 중요하지 않다고 생각했다.

"언젠가는 푸짐한 안주에 한잔할 수 있겠지?"

"물론이지."

언젠간 함께 술을 나누어 마실 날을 기약하며 두 사람은 잔을 기울였다.

약 보름 후, 화수의 비행선은 이제 화성이 가시거리에 들어올 정도로 먼 거리까지 비행했다.

화수는 멀리 보이는 화성을 바라보며 감탄사를 연발했다.

"저, 저것이 바로……!'

"아름답군."

비록 생명의 별인 지구처럼 수려한 푸른색은 찾아볼 수 없었지만 특유의 붉은색은 인간의 심장을 멎게 할 정도로 신비로웠다.

하지만 감탄도 잠시, 이제 슬슬 블랙홀을 탐사해야 할 때다.

대략적인 좌표는 가지고 있지만 지금부터 수색을 하지 않으면 블랙홀의 존재는 찾아낼 수가 없다.

때문에 화수와 레비로스는 자신들이 가진 특수한 능력을 총동원하여 블랙홀을 찾아 나섰다.

"나는 마나 공명으로 블랙홀을 찾을게."

"그럼 나는 마이너스 에너지의 공명으로 찾아보겠어."

화수가 비행기에도 도입한 마나 공명법은 우주 먼 곳까지 마나를 흘려보내 특수한 현상이 나타날 때까지 기다리는 것이다.

만약 마이너스 에너지에 의해 마나가 빨려들어 가는 라이트 보이드 현상이 나타난다면 그곳이 바로 블랙홀인 셈이다.

레비로스는 화수와 같은 방법으로 마이너스의 공명을 일으켜 그와 비슷한 블랙홀의 에너지를 감지해 낼 생각이다.

두 사람은 우주선에 가만히 앉아 명상을 시작했다.

우우우우웅!

이윽고 두 사람의 몸에서 각기 다른 색의 오라가 피어나 공명을 일으켰다.

두근두근!

대기가 없는 우주이지만 이 역시 물질계이기 때문에 화수의 공명은 특별한 결과를 가지고 올 것이다.

그의 몸에서 뿜어져 나온 마나는 약 1만km가량 날아가더니 이내 한 점으로 빨려들어 가기 시작했다.

슈가가가가각!

순간 화수가 눈을 번쩍 떴다.

"레, 레비!"

"그래, 나도 찾았다. 이 근방에 놈이 돌아다니고 있는 것 같아."

은하계의 방대한 크기를 놓고 생각해 보면 지금 지구와 블랙홀의 사이는 상당히 가깝다고 할 수 있었다.

지금껏 지구 근방으로 블랙홀이 지나간 적이 없는 바, 이것은 사상 최초라 할 수 있었다.

화수는 아마도 마족들의 마이너스 에너지가 블랙홀을 가까이 끌어들인 것이 아닌지 추측했다.

"마족들이 지구에 안착하기 위해 열어두었던 아공간이 블랙홀을 이곳까지 끌어들인 모양이군."

"그러게 말이야. 어서 빨리 언데드들을 물리치고 나 또한 고향으로 돌아가는 수밖에 없겠어."

그는 레비로스의 어깨를 두드리며 말했다.

"할 수 있어."

"그래."

이제 두 사람은 블랙홀을 향해 비행선을 몰았다.

3장

블랙홀을 건너다

　지구에서 약 6,600만km가량 떨어진 지점, 이곳에 공간의 왜곡현상이 벌어지고 있는 블랙홀이 보였다.

　쿠오오오오오!

　블랙홀 주변에서는 마치 자기장이 철을 빨아들이는 것처럼 부채꼴 모양의 파장을 계속해서 만들어내고 있었다.

　그리고 그 파장은 오로지 한 점을 향해 움직이고 있었는데, 그 안으로 들어가면 다시 부채꼴 모양의 파장이 돌아 원점으로 되돌아올 것 같았다.

　"흠, 결국엔 블랙홀도 순환된다는 건가?"

"그렇기 때문에 우리가 다시 루야나드로 되돌아갈 수 있는 이론을 세울 수 있지 않았겠어?"

레비로스가 생각하기엔 이 블랙홀이라는 공간은 극 마이너스 에너지를 방출하여 플러스 에너지를 삼켜 버리는, 즉 무의 생성 공간인 것 같았다.

하지만 그 파장은 자기장처럼 돌고 돌아 다시 반대편에 원점을 만드는 구멍을 가지고 있을 터였다.

그 때문에 지금 레비로스가 이곳까지 왔고, 그 파장에 이끌려 차원이동을 시도하려는 것이다.

"이곳을 빠져나가면 과연 루야나드가 나올까?"

"그야 알 수 없지."

레비로스는 화수의 심장 부근에 자신의 피로 만든 검은색 암석을 부착시켰다.

"이것이 마나의 흡수를 막아줄 거야."

마족의 피로 만든 암석은 마나를 튕겨내는 작용을 하기 때문에 화수의 심장 부근에서 마나가 새어 나가는 것을 방지해 주고 있다.

우주선 역시 복사열 충전지를 장착하곤 있지만, 과연 앞으로 어떤 현상이 일어날지는 아무도 알 수가 없었다.

"그럼 한번 가볼까?"

"후우! 가자!"

화수는 우주선을 최고 시속으로 가동시켰고, 마나 복사 부스터는 파란색 불꽃을 내뿜었다.

푸슈우우우욱, 콰앙!

그로 인해 발생한 엄청난 압력은 우주선을 마치 총알처럼 블랙홀 안으로 밀어 넣었다.

끼이이이이익!

우주선이 블랙홀 안으로 빨려들어 가면서 화수의 모습은 마치 길쭉한 찰흙처럼 쭉 늘어져 버린다.

"으, 으아아아악!"

"크윽!"

레비로스 역시 모습이 좌우로 제멋대로 일렁거리면서 손 안의 젤리처럼 물렁거리는 모습을 연출했다.

인간이 견뎌내기엔 결코 불가능한 압력이 두 사람에게 전해지면서 인체가 흐물흐물해진 것이다.

이제 우주선은 블랙홀의 초입을 빠져나와 부채꼴 모양의 파장 중간 부분에 머물게 되었다.

슈아아아악!

"허억!"

"주, 죽을 뻔했군."

아마도 블랙홀 초입에 도사리고 있던 강력한 파장이 두 사람을 물렁물렁하게 만들고 그 파장이 걷히고 나서야 제 모습으로 돌아온 모양이다.

화수는 몸을 운신할 수 있게 되자마자 우주선을 점검해 보았다.

"신호가 없군. 전자 기기가 아주 먹통이 되어버렸어."

"어쩌면 당연한 얘기 아니겠어? 저 엄청난 자기장을 통과하는데 전자 기기가 멀쩡한 것도 이상한 일이지."

"뭐, 그건 그렇지."

초반의 엄청난 자기장이 없어지고 나니 블랙홀은 아주 고요하고도 평안한 모습이었다.

블랙홀의 안은 흰색과 검은색으로 나누어져 있었는데, 검은색 공간에는 정체를 알 수 없는 부산물이 가득했다.

아마도 화수는 마법사들이 사용하는 아공간의 개념은 이 블랙홀을 대입한 것이 아닐까 하는 생각을 해보았다.

"결국 미치광이 박사의 이론이 맞아떨어진 것이군. 그는 이 거대한 블랙홀의 일부분을 소환해서 텔레포트의 이론을 완성한 거야."

"그렇다면 텔레포트의 이론은 블랙홀을 소환할 수 있을 때 이뤄진다는 것이군."

"뭐, 그렇다고 할 수 있겠지."

화수의 머리 위로 지나가고 있는 흰색 공간의 물결에는 오로지 대기와 빛뿐이다.

흰색 공간은 오로지 한 점을 향해 흘러가고 있었는데, 아무래도 저곳이 블랙홀의 입구를 통해 흘러가는 것 같았다.

이제 그는 자신의 아래에 있는 아공간이 어떻게 가라앉았는지 궁금해지기 시작한다.

"저 아래에 있는 아공간은 어째서 흰색 공간을 통해 흐르지 않는 것일까?"

레비로스는 자신이 가지고 있는 마이너스 에너지로 그의 궁금증을 풀어주었다.

"저 아래엔 오로지 죽음만이 가득한 마이너스 에너지가 흐르고 있어. 만약 우리가 저곳으로 빨려들어 간다면 평생 세상 밖으로 나올 수 없겠지."

"흠, 그렇게 되는 것이군."

한마디로 블랙홀은 자신의 아공간 안에 생명체를 빨아들인 후 그것을 마이너스 에너지 안에 가두어 버리는 것이었다.

레비로스는 아마도 자신이 가진 마이너스 에너지가 서서히 변모하면서 생명력을 얻었기 때문에 아공간에서도 살아남을 수 있지 않았을까 하고 생각했다.

"아마도 우리가 함께 이곳에 오지 않았다면 둘 다 가루가 되어버리지 않았을까?"

"흠, 그렇다면 샤넬리아는?"

"거기까진 알 수가 없어. 우리가 알 수 있는 것은 이 흰색 공간을 통해 밖으로 나갈 수 있다는 것뿐이지."

"그렇군."

화수가 생각하기에 이 흰색 공간이 바로 화이트홀이라고 부르는 블랙홀의 출구인 것 같았다.

검은색 아공간은 죽음을, 흰색 아공간은 새로운 세계로 향하는 길목이라고 할 수 있다.

한마디로 블랙홀은 죽음과 생명이 동시에 공존하는 유일한 공간인 것이다.

*   *   *

두 사람은 블랙홀에서 벌써 보름 넘게 부유하고 있는 중이었다.

화수는 끝도 없이 펼쳐진 블랙홀을 바라보며 문득 자신이 이곳을 빠져나갈 수 있을까 하는 생각을 해보았다.

"잘못하면 우리 역시 이곳에 갇혀 평생 이렇게 부유만 계속하게 될 수도 있겠는걸."

"그러게 말이야."

두 사람이 이곳에 들어오면서 가장 우려되었던 점은 인간은 블랙홀에 대해 아는 것이 전혀 없다는 것이다.

오로지 가설과 추측만이 난무하는 블랙홀 이론은 그야말

로 검증이 되지 않은 이론에 불과했던 것이다.

이제 남은 방법은 이곳에서 벗어날 때까지 그저 버티고 버티는 일뿐이다.

바로 그때, 레비로스는 문득 뇌리를 스치는 게 있었다.

레비로스는 넋을 놓고 있는 화수에게 물었다.

"이봐, 카미엘."

"왜?"

"우리가 이곳으로 온 지 약 보름이 지났잖아?"

"그렇지."

"그런데 왜 넌 아무것도 먹지 않고 있지?"

"어, 어라? 그러게 말이야."

"마나의 유동도 차단된 이곳에서 아무것도 먹지 않는다면 분명 말라야 할 텐데 심지어 네 몸은 그대로야."

"으음, 그러게. 이건……."

"시간이 멈추었다는 뜻 아닐까?"

"시간이 멈춘다……."

"이곳은 정체 모를 공간의 왜곡으로 이뤄진 곳이니까 아예 시간이라는 것 자체가 무의미한 것 아닐까?"

"아아!"

물질계를 이루는 가장 중요한 것 중에 하나는 다름 아닌 시간, 세월의 흐름이다.

시간은 물질계를 뒤에서 앞으로 밀어주는 동력과도 같은 것으로 대부분의 대사 역시 시간과 함께 이뤄진다.

만약 시간이 멈춘다면 인간은 물론이고 지구와 우주 역시 대사가 멈추어버릴 것이다. 그렇게 되면 인간이 흔히 상상하는 시간의 정지가 이뤄지게 되는 셈이다.

그러니까 블랙홀 안에선 물질계를 앞으로 밀어주는 동력 자체가 없어져 시간이 멈추어 버린 것이다.

화수는 손목에 차고 있는 태엽시계를 바라보았다.

—……

"시계가 멈추었어. 이건 태엽으로 만들어진 것이라 자기의 영향을 받지 않을 텐데 말이야."

"확실해. 시간이 멈춘 것이 틀림없어."

"그렇다면 우리는 시간과 공간의 흐름이 전혀 없는 진정한 무의 공간에 들어온 것이겠군."

"그래, 바로 그거지."

아무것도 없는 무의 공간. 이제야 화수는 조금씩 블랙홀의 미스터리가 풀리는 것 같았다.

"흐음, 그런데 말이야. 중요한 것은 우리가 언제쯤 이곳을 빠져나가느냐 하는 것인데…."

"그래, 그게 가장 중요한 일이긴 하지."

이제 두 사람은 끝도 없는 이 여정이 어서 빨리 끝났으면

하는 바람을 가졌다.

그러나 그 바람은 언제쯤 이뤄질지 모르는 끝도 없는 기약일 뿐이었다.

블랙홀에서의 시간은 흘러 대략 3개월 정도가 지났다.

그동안 화수는 아무런 음식도 먹지 않았고, 그로 인해 몸이 마르거나 영양분이 빠져나가는 일도 없었다.

한마디로 지금 그들은 시간이 멈춘 채로 3개월 동안 블랙홀 내부를 부유하고 다닌 것이다.

화수는 하염없이 앞만 바라보고 있는 레비로스에게 물었다.

"이봐, 레비."

"응."

"이제 슬슬 다른 방법을 강구해야 할 때가 온 것 같지 않아?"

"그래, 나도 같은 생각을 하고 있었어. 이대로라면 우리는 평생 블랙홀을 빠져나갈 수 없을지도 몰라."

두 사람은 블랙홀이라는 공간에 대해 아는 것이 전혀 없었지만, 이대로 가만있다간 평생 부유하는 생활을 거듭할 것이라는 사실을 잘 알고 있었다.

그런데 문제는 이곳을 빠져나갈 수 있는 수단이 전혀 없었다는 것이다.

우주복을 입고 있긴 했지만, 그렇다고 이 우주선을 나가서 살아남을 수 있다는 것은 전혀 예상할 수가 없었다.

"흠."

고민에 고민들 거듭하던 두 사람, 먼저 움직인 쪽은 화수였다.

"나가자."

"뭐, 뭐라고?"

"나가자고. 이곳에서 가만있다간 죽도 밥도 안 될 거야."

"하지만 이제 곧 밖으로 나갈 수 있을지도 모르잖아?"

"만약 그게 아니라면?"

"그, 그건……."

"이곳에서 빠져나갈 수 없다면 우리가 이곳까지 온 이유가 없잖아?"

"으음."

"가자, 레비, 이곳에서 나가는 거야."

레비로스는 화수의 의견에 따르기로 했다.

"좋아, 나가자. 하지만 위협이 느껴진다면 피신을 서두르자고."

"물론이지."

두 사람은 해치를 열고 밖으로 나갈 준비를 서둘렀다.

끼익, 끼익, 철컥!

우주선 하부에 마련되어 있는 해치를 열고 밖으로 나오자 화수는 불현듯 자신의 안면부에 엄청난 압력이 느껴졌다.

"크윽!"

"괜찮아?!"

"견딜 만해. 아마도 저 아래에 있는 검은색 기운 때문인 것 같아."

"그럼 다행이지만……."

"계속해서 내려가자."

"그래."

두 사람은 이제 비행선 하부에 달린 손잡이를 잡고 매달려 주변을 둘러보기 시작했다.

휘이이이이잉!

블랙홀 안쪽에는 생각 외로 거친 바람이 불어오고 있었는데, 그 바람은 두 갈래로 나뉘어 있었다.

한 갈래는 흰색 흐름을 따라 불고 있었고, 또 하나는 검은색 지역에서 역풍으로 불어오고 있었다.

그러니까 블랙홀 안의 바람은 두 갈래로 나뉘어 불어오고 있었던 것이다.

화수와 레비로스는 어째서 이곳에서 나갈 수 없었는지 알 수 있을 것 같았다.

"양쪽에서 우주선을 잡아끌고 있기 때문에 상황이 이렇게 된 것이었군."

"그렇다면 우리 스스로 이곳을 빠져나갈 수밖에 없다는 소리군."

"바로 그거지."

두 사람은 우주선 앞쪽으로 다가가 도움닫기를 시도하려 했다.

"후우, 죽지 않았으면 좋겠군."

"나 역시."

"내가 셋을 셀게. 하나, 둘, 셋!

퍼엉!

도움닫기로 우주선을 박차고 앞으로 나간 두 사람, 하지만 이변은 바로 그때 일어났다.

휘이이이잉!

"어, 어어어!"

"레비로스!"

"이런 젠장!"

두 사람은 순식간에 두 갈래로 나뉘어 날려갔다.

검은색의 공간으로 빨려들어 간 것은 다름 아닌 레비로스였고, 그 반대로 휩쓸려 내려간 것은 화수였다.

이제 두 사람은 서로 다른 방향으로 끌려들어 가버린 것이다.

"카미엘!"

"이런 빌어먹을! 돌아와, 레비로스!"

"끄아아아악!"

"레비로스!"

두 사람은 이제 더 이상 닿을 수 없을 만큼 멀어졌고, 화수
는 이내 정신을 잃고 말았다.

팟!

블랙홀 내부에는 이제 우주선만이 고요한 부유를 계속하
고 있을 뿐이었다.

*　　　*　　　*

끝도 없는 어둠에서 빠져나온 화수의 몸은 도저히 눈을 뜰
수가 없을 정도로 밝은 빛에 휩싸이게 되었다.

그리고 잠시 후 그 빛은 서서히 한줄기로 합쳐지더니 화수
의 몸을 푸른 잔디 위에 올려놓았다.

쏴아아아아!

화수는 화들짝 놀라 눈을 뜨고 앞에 펼쳐진 풍경을 바라보
았다.

"여, 여긴……."

그는 자리에서 일어나 끝도 없이 펼쳐진 산지와 바다를 바

라보며 연신 고개를 갸웃거렸다.

"낯익은 곳인데……."

지금 그는 이곳이 상당히 낯설면서도 무척이나 낯익다는 것을 알 수 있었다.

마치 어머니의 품에 돌아온 것처럼 포근하면서도 익숙한 이곳, 화수는 그제야 이곳이 어디인지 알 것 같았다.

"산디나 반도!"

블랙홀에서 빠져나와 간신히 목숨을 건진 화수는 자신의 고향으로 돌아왔다.

산디나 반도는 화수가 카미엘이던 시절에 태어난 고향 피올리안바토르스의 북쪽을 일컫는 말이다.

그는 자리에서 일어나자마자 우주복을 벗고 고향이 주는 포근함을 다시 한 번 느껴보았다.

솨아아아아아!

"그래, 이 바람이야! 이 바람이야말로 내가 꿈에 그리던 것이다!"

화수는 어느 새 자신이 태어난 곳을 그리고 있었고, 언젠가는 그곳으로 돌아갈 수 있다는 희망을 품고 살아왔다.

시기가 좋진 않았지만 결국 그는 자신의 소원을 성취하게 된 셈이다.

그는 살며시 눈을 감았다.

"이대로 죽어도 여한이 없다!"

가만히 눈을 감은 그의 귀에 약 100필가량의 말발굽 소리가 들려왔다.

다그닥다그닥!

"기마병?"

기병대는 화수의 주변으로 모여들더니 이내 원을 만들었다.

그리곤 화수에게 기병창을 들이대며 물었다.

"네놈! 네놈은 사람이냐, 언데드냐?!"

화수는 그들의 윽박지름에 일단 손을 들었다.

"사람입니다."

"그런데 어째서 하늘에서 뚝 떨어져 내렸단 말이냐?! 그리고 그 말도 안 되는 복색은 무엇이고?!"

"그, 그건……."

병사들은 화수를 죽이자며 기병대장을 선동했다.

"대장, 이놈을 죽여서 위협의 씨앗을 없애 버려야 합니다!"

"맞습니다!"

바로 그때, 화수의 눈동자에 병사들의 인장이 들어왔다.

'그렇군. 피올리안바토르스의 병사들이야.'

피올리안바토르스는 화수가 나고 자란 영지이며, 그가 죽기 전에는 자신의 휘하에 있던 공국이다.

아마도 화수는 블랙홀을 넘어 루야나드 대륙으로 돌아온 모양이었다.

일단 그는 자신이 살아야 할 이유부터 만들어내기로 했다.

"저는 피올리안바토르스 공왕 각하의 종자입니다."

"피올리안바토르스 공왕?"

"카미엘 장군 말입니다."

순간, 병사들의 얼굴에 심상치 않은 기운이 스쳤다.

"뭐, 뭐? 카미엘 장군?"

"네, 그렇습니다. 저는 장군의 명에 따라서 마도학 연구를 떠났습니다. 그리고 지금에서야 돌아왔지요."

병사들은 고개를 갸웃거렸다.

"어쩌지?"

"진짜 장군의 종자라면 이건……."

기병대장은 화수에게 다시 한 번 진의에 대해 물었다.

"좋다, 그렇다면 네가 장군님의 종자인지에 대한 증거를 대라! 만약 그렇지 못한다면 네놈을 이 자리에서 죽여 버릴 것이다!"

순간 화수는 최대한 시간을 쓸 수 있는 방안을 생각해 냈다.

"저는 마나코어를 제조할 수 있습니다."

"뭐, 뭐라?! 마나코어?!"

"예, 그렇습니다. 장군님께선 저에게 마나코어 제조법을 전수해 주셨습니다. 덕분에 저는 천공의 섬에 다녀올 수 있었지요."

"그, 그런 말도 안 되는 일이……!"

천공의 섬은 피올리안바토르스에 대대로 내려져 오는 설화에 나오는 지상 낙원이다.

하지만 신마대전이 끝나면서 천공의 섬은 다른 세계로 가는 문이 되었다고 알려져 있었다.

화수는 자신이 새로운 세계에서 왔다고 알려 목숨을 연명하려 한 것이다.

일단 병사들은 화수를 포박하여 영지로 데리고 가기로 했다.

"현 공왕 각하께 네놈을 보여드릴 테니 그곳에서 네 존재를 증명하라!"

"예, 알겠습니다."

그는 두 손을 꽁꽁 묶인 채 병사들에 이끌려 영지로 이동했다.

＊　　　＊　　　＊

나르서스 제국 북서부에는 산디나 반도라는 척박한 땅이 있다.

산디나 반도는 일 년 중 절반은 춥고 절반은 다소 서늘하기 때문에 농사를 짓기에 적합한 땅이 아니었다.

그래서 산디나 반도에 있던 원주민들은 남부와 서부로 항해하여 여러 부족민을 약탈하면서 살아갔다.

하지만 그들의 세력이 규합되지 못하고 네 개의 왕국으로 분열되었다가 카미엘에 의해 통합되었다.

산디나 반도가 통합되면서 제국의 함대는 이곳으로 이주하여 강력한 힘과 함께 타 대륙간 무역을 주도하게 되었다.

불과 10년 만에 이룩한 산디나 반도의 번영은 가히 제2의 수도라 불릴 만하였으며, 굶주림에 몸부림치던 그곳은 눈부신 부를 축적하게 되었다.

카미엘이 죽은 지 벌써 3년이 지났지만 지금도 산디나 반도는 카미엘을 영웅으로 숭배하고 있었으며, 그를 기리는 축제를 열기도 한다.

카미엘의 영지는 원래 산디나 반도 아래에 위치한 작은 남작령이었는데, 그가 제국의 대공으로 추대되면서 그곳 또한 강력한 힘을 갖게 되었다.

그 이후엔 산디나 반도 전체가 카미엘의 영지로 귀속되었고, 그의 영지는 공국으로 지정되었다.

원래 카미엘이 살아 있었다면 산디나 반도는 공왕과 그 군대를 받아들여 보다 더 강성해졌을 것이다.

하지만 카미엘이 죽고 난 후 산다나 반도는 새로운 국면으로 접어들었다.

산다나 반도, 그러니까 피올리안바토르스 공국은 카미엘의 여동생 리카엘리나가 정통성을 주장하여 공왕으로서의 작위를 수여받게 되었다.

그러나 정치적 기반이 전혀 없던 리카엘리나는 서서히 권력을 잃어갔고, 그와 함께 산다나 반도 역시 쇠퇴의 길을 걷기 되었다.

정치적 동맹이 모두 끊어져 버린 피올리안바토르스 공국은 이제 오로지 농작과 어업 수익에만 의존하는 신세가 되어 버렸다.

때문에 번화하던 거리는 다시 황폐해져 버렸고, 공국민은 굶주림에 허덕이게 되었다.

화수는 자신이 일구어놓은 산다나 반도가 다시 가난해졌다는 사실에 통탄을 금치 못했다.

'리카엘리나, 이 머저리 같은……!'

어려서부터 리카엘리나는 셈이 느리고 두뇌 회전이 원활하지 못해 다소 맹한 구석이 많았다.

하지만 워낙 탐욕스럽고 허영심이 많다 보니 항상 영주가되고 싶다는 환상에 사로잡혀 있었다.

지금은 그녀가 소원을 성취한 것처럼 보이지만, 그것은 어디까지나 껍데기에 불과한 작위였다.

언젠가는 바람처럼 사라져 전란에 휩싸이게 될 운명이라는 소리이다.

화수는 병사들의 손에 이끌려 피올리안바토르스 영주성 앞까지 끌려오게 되었다.

그곳에는 살이 뒤룩뒤룩 찐 귀부인과 거만한 표정의 남자가 앉아 있었는데 아침부터 그들은 만찬을 즐기고 있었다.

그는 두 사람을 바라보며 속으로 이를 갈았다.

'이런 빌어먹을 한 쌍 같으니! 백성들은 굶어 죽어가고 있는데 고기가 목구멍으로 넘어가나?!'

성질 같았으면 벌써 두 연놈을 싸잡아 두들겨 패버렸을 테지만 지금은 그럴 상황이 아니었다.

아직 블랙홀을 타고 넘어온 후유증이 남아 있었기 때문이다.

병사들에 의해 무릎이 꿇린 화수에게 리카엘리나 내외는 귀찮다는 듯이 물었다.

"네놈이 카미엘의 종자라고?"

"…예, 그렇습니다."

"으음, 그래, 카미엘, 그 괴짜 자식의 종자라니 아주 쓸모가 없지는 않겠구나."

"……."

"좋다, 네가 카미엘 그 멍청이의 종자라면 반드시 그 증거가 있을 터, 그 증거가 무엇인지 말해보아라."

어려서부터 사이가 별로 좋지 않던 리카엘리나이지만 이렇게 대놓고 싫어하는 줄은 꿈에도 몰랐던 화수다.

지금 당장 자리를 박차고 일어나고 싶은 마음이 굴뚝같았지만, 그는 조금 더 고개를 숙였다.

"마나코어를 제조할 수 있습니다."

"마, 마나코어?!"

"예, 그렇습니다."

마나코어라는 소리에 리카엘리나의 남편 빈센트가 자리를 박차고 일어섰다.

"저, 정말이냐?! 네가 정말 마나코어를 제조할 수 있어?!"

"그렇습니다만……."

이윽고 그는 주변에 있는 검을 꺼내 들어 화수의 목에 겨누었다.

챙!

"이놈! 어디서 거짓말을 고하느냐?! 이미 이 땅엔 마나코어를 제조할 수 있는 자는 모두 없어졌다! 그런데 네가 마나코어를 제조할 수 있다고?!"

"예, 그렇습니다. 정 못 미더우시다면 마나코어를 제조해드릴 수도 있습니다."

"뭐라?"

"만약 제가 마나코어를 제조할 수 없다면 그때 죽이셔도 될 일입니다."

가만히 화수를 바라보던 빈센트가 이내 검을 거두어들였다.

"좋다, 그렇다면 3일의 말미를 줄 터이니 마나코어를 만들어 받치거라."

3일이면 마나코어를 만들어 기관총을 완성시키고도 남을 시간이다.

그는 이내 천천히 고개를 숙였다.

"감사합니다. 이 은혜, 잊지 않겠습니다."

"클클, 은혜는 무슨."

이내 화수는 병사들의 손에 이끌려 지하 감옥으로 향했다.

*　　　*　　　*

화수가 대륙을 통일하던 시절, 제국 내의 반역자들은 어김없이 피올리안바토르스의 감옥에서 죽음을 맞이하곤 했다.

이곳은 그의 공포정치의 산물이기도 하고 제국을 지켜낸 피의 전당이기도 하다.

그런 피올리안바토르스 지하 감옥에 화수가 수감되어 버린 것이다.

'인생 참······.'

그는 자신이 앉은 이곳에서 수많은 사람을 고문하고 목숨을 취하였다.

하지만 이젠 그곳에 자신 스스로가 수감되어 버렸다.

아직도 희미한 피 냄새가 진동하는 지하 감옥이지만 그렇다고 마나코어를 만들 수 있는 환경이 되지 못하는 것은 아니었다.

그는 이곳에 마나코어를 만들 수 있는 준비물을 요구하였고, 어지간한 장비는 거의 다 갖추어졌다. 이곳은 카미엘이 나고 자란 곳이니만큼 마나코어를 연구하던 시설이 대부분 남아 있었던 것이다.

화수는 그와 더불어 이곳을 빠져나갈 수 있는 무언가를 만들 기반을 다지기로 했다.

그는 마나코어를 만들 수 있는 소형 마나 용광로에 자신의 몸에 남아 있는 모든 마나를 털어 넣고 그것을 가열하기 시작했다.

보글보글!

이제 이것을 하루 정도 가열시킨 후 핵을 만들면 강철 인형을 생성해 낼 수 있다.

지금 화수가 가진 마력으로 대략 50기의 강철 인형을 만들어낼 수 있을 것이다.

이 정도의 병력이면 파옥을 하고도 남을 것이다.

'리카엘리나, 이 빌어먹을 녀석 같으니. 반드시 심판대에 올리도록 하겠다!'

화수는 지하 감옥에 처박혀 강철 인형 제조에 착수했다.

다음날 화수는 강철 인형에 들어갈 핵을 모두 완성시키고 그가 사용하던 마나 용광로를 분해했다.

초기의 마나 용광로는 그 크기가 꽤 크기 때문에 상당한 양의 철을 얻어낼 수 있었다.

이제 이것에 마나신경체계를 구축하고 마나코어만 제대로 심어놓으면 강철 인형을 완성할 수 있다.

원래 화수는 지금처럼 아주 정밀하고 세밀한 강철 인형을 만들어낼 수 없었다. 실제 인간에게만 실험했을 뿐 현대의 과학을 바탕으로 한 기계는 만들어 본 적이 없었던 것이다.

그러나 이제는 마나코어로 비행선까지 제작하는 화수에게 강철 인형 군대는 그리 큰 문제가 아니었다.

끼릭끼릭!

그는 분해한 마나 용광로를 재조립하여 강철 인형의 뼈대를 만들었다.

강철 인형은 모두 다 똑같은 크기에 똑같은 힘을 가진 하나의 작은 군대로 다시 태어날 것이다.

드디어 첫 번째 완성품.

화수는 그 안에 마나코어를 끼워 넣어보았다.

철컹철컹!

"앉아."

철컹!

"일어서!"

철컹철컹!

그의 예상대로 강철 인형은 자유자재로 움직일 수 있었으며, 화수의 명령에 절대복종하는 모습을 보였다.

이제 그는 이들 군대를 완성하여 감옥을 벗어나는 일만 남았다.

*　　　*　　　*

검은빛을 따라서 한참을 부유하던 레비로스는 마침내 눈부신 빛과 마주했다.

째앵!

"크윽!"

홍채가 타들어가는 듯한 고통을 느끼며 자리에서 일어선 레비로스는 앞에 있는 소년을 물끄러미 바라보았다.

그러자 그 소년은 레비로스를 바라보며 고개를 갸웃거렸다.

"어이, 정신이 나간 거야? 졌으면 패자답게 일어서야지."

"카, 카미엘?"

"후후, 머리를 얻어맞아서 그런가? 아까부터 자꾸 이상한 행동을 하고 그래?"

순간 레비로스는 화들짝 놀라 자리를 박차로 일어섰다.

"저, 정말 카미엘이야?!"

"그래, 이 멍청아! 내가 바로 네 친구 카미엘이야!"

"하, 하하, 하하하!"

레비로스는 기쁨을 주체할 수 없어 자리에서 일어서 덩실 덩실 춤을 추기 시작했다.

"우하하하하!"

"왜, 왜 이래? 정말 머리가 어떻게 된 건가?"

지금 이 상황을 이해할 수 없는 카미엘로선 어리둥절했지만, 레비로스는 당장 바닥을 뒹굴며 기쁨을 표현하고 싶을 정도였다.

'카미엘이 없어졌지만 내가 과거로 돌아왔구나!'

그는 블랙홀을 빠져나와 자신의 과거로 다시 되돌아온 것이다.

4장

진실을 찾아서

이른 아침, 피올리안바토르스의 병사들은 영지 곳곳을 돌아다니며 순찰을 시작했다.

요즘 피올리안바토르스의 순찰은 상당히 느슨하게 이뤄지고 있으며, 어지간하면 한 개의 정찰조로 밤을 지키도록 했다.

철컹철컹!

화수는 50기의 강철 인형을 대동한 채 지하 감옥을 빠져나왔다.

그런데 그곳을 지키는 간수는 오로지 한 명뿐이었는데, 그마저도 잠을 자느라 화수가 탈옥을 해도 알지 못했다.

한마디로 이곳은 이제 경계 작전조차 제대로 못 펼치는 오합지졸의 군대가 주둔한 영지가 된 것이다.

복장이 터져 죽을 것 같았지만 일단 이곳을 빠져나가 다음을 도모하는 것이 좋을 것이다.

그는 지하 감옥을 나와 영지의 비밀 통로를 이용해 정문까지 이동하기로 했다.

철컹철컹!

화수는 50기의 강철 인형을 이끌고 정문까지 이동하는 데 아무런 제지를 받지 않았다.

이곳은 화수가 만일의 사태를 대비해 만들어놓은 비밀 통로이기 때문에 어지간한 사람은 그 존재조차 알지 못했기 때문이다.

이제 그는 정문을 지키고 있는 병사들과 한판 승부를 벌이기로 했다.

일단 그는 정문 근처에 강철 인형을 매복시켜 놓은 후 말을 찾아 돌파하기로 했다.

이곳 피올리안바토르스는 화수의 손바닥이나 다름없었고, 그는 지금쯤 군마가 어디로 이동하는지 알고 있었다.

다그닥다그닥!

총 10필의 말이 발굽을 갈기 위해 대장간으로 이동하고 있었고, 화수는 그 무리를 습격하여 말을 한 필 탈취하기로 했다.

휘이이익!

화수가 휘파람을 불자 말들이 일제히 그를 향해 고개를 돌렸다.

그리고 그는 재빨리 말 중에서 가장 튼실하게 생긴 녀석의 등으로 몸을 던졌다.

"허업!"

이힝힝!

이곳의 말들은 품종이 좋고 겁이 없기 때문에 군마로 길들이기에 안성맞춤이었다.

그가 마도군마로 길들인 애마 역시 이곳에서 나고 자란 녀석이었다.

피올리안바토르스의 군마들은 특정한 휘파람에 반응하도록 훈련되어 있었는데, 지금 화수가 분 휘파람은 말들을 한곳으로 모으는 신호였다.

그 와중에 말 한 필을 탈취한 화수는 곧장 말의 대열을 사방으로 흐트러뜨렸다.

찰싹!

"달려라!"

이히이이잉!

아홉 필의 말이 화수의 손에 의해 자극을 받아 미친 듯이 달리기 시작했다.

그러자 화수는 곧장 정문을 향해 고삐를 당겼다.

"이랴! 가자!"

이힝힝!

그는 정문을 지키고 있는 병사들을 향해 소리쳤다.

"수비대!"

"뭐, 뭐야?!"

화수는 그들의 주위를 집중시켰고, 매복하고 있던 강철 인형들은 화수의 신호에 따라 일제히 병사들을 제압했다.

퍽퍽퍽!

"크허억!"

"이, 이런 미친!"

강철 인형들이 화수의 말을 따라 달리기 시작하자 그는 후일을 기약했다.

'내 언젠가는 두 연놈을 잡아 주리를 틀고 말 것이다!'

그는 그대로 강철 인형들을 이끌고 황도 나르세우스로 향했다.

*   *   *

레비로스는 처음 카미엘의 검술에 충격을 받고 도서관에

처박혀 공부하던 시절로 돌아왔다.

지금은 최고의 대검사가 되었지만 그 시절에는 과연 어떻게 해야 보다 더 고강해질 수 있는지를 터득하기 위해 몸부림쳤다.

그 결과 대륙을 일통하는 밑거름을 마련하게 되었지만 그가 악마에게 영혼을 파는 시발점이 되기도 했다.

그는 카미엘과 여행을 떠나기 전 황궁 도서관과 신전, 상아탑을 오가며 마족에 대한 정보를 모으고 다녔다.

그 정보는 아주 은밀하고 비밀스럽게 수집되고 있었다.

제국의 제1신전 아르테미스의 전당, 레비로스는 이곳에 기거하고 있던 대신관 테르미온을 찾았다.

테르미온은 레비로스가 묘사한 마족이 다름 아닌 지옥의 대왕 데이몬이라고 말했다.

그는 아주 오래된 고서를 찾아 레비로스에게 보여주었다.

"마왕 데이몬은 천상계를 점령하고 지상을 식민지로 만들기 위해 신마대전을 일으켰습니다. 하지만 그들은 신의 은총을 뒤로한 채 싸웠기 때문에 천족에게 대패하고 말았습니다. 그 이후엔 지하 세계로 숨어들어 세력을 키우고 있지요."

"만약 그들이 깨어난다면 어떤 일이 벌어지겠습니까?"

"산 자들은 죽은 자가 될 것이고, 죽은 자는 다시 산 자가 되어 깨어날 겁니다. 이 세상이 모두 죽은 자들의 차지가 되는 셈이지요."

테르미온은 정확히 미래의 일을 예견하고 있었다.

아마도 그는 오래전부터 전해져 내려오는 고서를 통하여 차곡차곡 지식을 쌓아왔을 것이다.

레비로스는 그에게 종양에 대한 것도 물었다.

"혹시 이 데이몬의 악서에 나오는 마국의 재상은 어떤 놈입니까?"

"마국의 재상이라… 라이몬드를 말씀하시는 겁니까?"

"네, 맞습니다."

그는 두꺼운 악마서전에서 라이몬드의 페이지를 펼쳐 그 초상화와 능력에 대해 설명했다.

"라이몬드는 파리의 제왕임과 동시에 재앙의 군주로 알려져 있습니다. 이 땅에 질병이 내려 죽음을 창궐하게 하고 세상을 피로 뒤덮게 할 겁니다. 그는 모든 마족에게 영웅이며 데이몬 역시 그에겐 머리를 조아린다고 합니다."

"만약 그가 이 땅에 숨어들었다면 과연 어떤 방법으로 재앙을 일으킬까요?"

"절대자의 틈바구니에 숨어 재앙을 준비할 겁니다. 그것도 아주 천천히 말이지요."

"흠."

테르미온은 레비로스가 궁에서 쫓겨났을 무렵 그를 만류

하던 사람이다.

궁을 떠나 살면 반드시 검은 그림자가 레비로스를 쫓아올 것이라고 예견했다.

하지만 이제 그는 그 검은 그림자와 정면으로 마주해야 한다.

"만약 그놈들이 나에게 다가온다면 어떤 식으로 대항해야 합니까?"

"이것을 항상 몸에 지니고 다니십시오."

그는 천사들이 사용했다는 뿔 나팔과 대천사 미카엘의 반지를 선물로 주었다.

지금 그가 건넨 물건은 전부 아르테미스 신전에서 무려 3,000년째 신물로 떠받들고 있는 것이다.

"이, 이렇게 중요한 것을……."

"당신께 재앙의 씨앗이 들어와 박히는 것보다는 제 목숨이 위태로운 것이 낫습니다."

"하지만……."

테르미온은 레비로스의 등을 떠밀었다.

"가십시오. 당신이 가시는 길에 도움이 된다면 그것으로 족합니다."

"그렇지만 이건……."

"전 그렇게 쉽게 위험에 처하지 않을 겁니다. 다만 당신께서 돌아오신다면 그 위협을 지워주시리라 믿습니다."

그는 테르미온에게 깊이 고개를 숙였다.

"이 은혜, 절대로 잊지 않겠습니다."

"허허, 별말씀을요."

아마도 테르미온은 앞으로의 사태를 예견하고 레비로스에게 자신의 모든 것을 건 것일 터이다.

이제 그는 테르미온의 뜻에 따라 이 세상을 구원할 임무를 짊어지게 되었다.

*　　*　　*

궁에서 나온 지 2년째.

레비로스는 이전의 삶과 비슷한 양상으로 대륙 전역을 떠돌아다니고 있었다.

하지만 그는 주로 악마의 얘기가 나오는 지역만 골라서 용병 일을 수임했다.

지금까지 수많은 전장을 돌아다닌 카미엘로선 어째서 레비로스가 악마에 그렇게 집착하는지 궁금하지 않을 수 없었다.

쏴아아아아!

비가 추적추적 내리는 남부 정글지대.

레비로스는 카미엘과 함께 술잔을 기울이고 있었다.

카미엘은 술을 나누어 마시는 김에 그에게 악마에 대해 물었다.

"이봐, 레비, 도대체 언제까지 그 악마타령을 계속할 거야?"

"내가 그랬던가?"

"지금까지 우리가 돌아다닌 곳을 생각해 봐. 주로 악마가 출몰한다는 곳이잖아. 마물도 아닌 악마라니, 실체를 본 적은 없지만 꽤나 기분이 나빴단 말이지."

"후후, 그랬어?"

"이젠 슬슬 그 이유를 말씀해 주실까?"

레비로스는 품속에 지니고 있던 천사의 뿔 나팔을 탁자 위에 올려놓았다.

순간, 카미엘이 자신의 로브로 뿔 나팔을 덮어버렸다.

"어, 어이!"

"이 물건이 무엇인지 알지?"

"너, 설마……?"

"맞아. 내가 이 물건을 대신전에서 가지고 나왔어."

카미엘은 레비로스의 고백에 경악을 금치 못했다.

"이, 이런……!"

"하지만 카미엘, 나는 이 물건을 훔치거나 도둑질하지 않았어. 이건 대신관께서 나에게 직접 전달하신 물건이야."

그는 대신관에게만 전해져 내려온다던 미카엘의 반지를
보여주며 말했다.

"그분께선 내가 악마들의 수장을 찾아 없애 버리길 바라
셔."

"악마들의 수장이라……"

"그 악마들에게 나는 영혼을 빼앗길 운명이야. 만약 내가
먼저 그들을 찾아내 없애지 않으면 제국은 물론이고 이 대륙
이 혼돈에 빠지고 말다. 나는 그전에 손을 쓰려는 것뿐이야."

카미엘이 과연 레비로스의 뜻을 전부 다 이해한 것인지는
알 수 없었으나, 그는 친구인 황태자를 믿어보기로 했다.

"그 말, 아르테시아 대제를 걸고 맹세할 수 있어?"

"물론."

"좋아, 그렇다면 내가 너를 돕도록 하지."

"고마워."

"고맙긴, 나 또한 네가 왜 그렇게 악마에 집착하는지 궁금
한 참이었어. 속 시원히 말해줘서 내가 고맙지."

"후후."

이제 카미엘은 레비로스와 어디로 향해야 할지 거취를 정
한 모양이었다.

"그럼 이렇게 된 김에 아예 악마가 나온다고 소문난 동네
만 찾아서 돌아다니자고."

"그래, 좋은 생각이다."

카미엘은 대륙 전도를 펼쳐 남서부에 위치한 안트리아 자작령을 가리키며 말했다.

"안트리아 자작령은 꽤 오래전부터 영주 부부가 악마를 숭배한다고 알려진 곳이야. 하지만 워낙 비밀스러운 안트리아 자작이니만큼 그 진위는 가려진 바가 없지. 만약 악마를 찾아 떠난다면 이곳부터 가야 하지 않을까?"

안트리아 자작은 나르서스 제국의 개국 공신 집안의 가주이지만 정치판에 얼굴을 나타낸 적이 없었다.

그리고 그의 영주성은 벌써 20년째 굳게 닫혀 문을 열지 않고 있었다.

그 때문에 영지민은 영주군의 보호를 받지 못하여 궁핍한 생활을 이어나갈 수밖에 없었다.

"가자. 이곳으로 가서 진상을 밝히는 거야. 그렇게 된다면 우리의 다음 거취가 결정되겠지."

"그래."

두 사람은 대륙 중앙을 가로지르는 대운하를 타고 남부로 이동했다.

*　　　*　　　*

언데드와의 전란 이후 3년, 나르서스 제국은 15개로 분열되어 크고 작은 국가가 형성되었다.

그들은 지금도 끝없는 전쟁의 역사를 써 내려가고 있었으며, 백성들은 전란을 이기지 못해 굶어 죽어가고 있었다.

불과 3년 만에 나라가 망하고 백성들이 궁핍해진 것이다. 옛 나르서스 제국의 황도 나르세우스는 엘레니아 황비가 통치하는 나르세우스 왕국을 선포했고, 그녀는 스스로 여왕이 되어 나라를 통치하고 있었다.

화수는 자신이 일구었던 제국의 심장부인 나르세우스로 잠입하여 지하 수로 한 구역에 임시 거처를 만들었다.

이곳은 제국군 정보부가 사용하던 곳으로, 민간인이 출입하거나 병사들이 들이닥칠 일은 없었다.

화수는 지하 수로에 나무로 집을 짓고 그 안에 마나코어를 장착한 강철 인형들을 보관했다.

철컥철컥.

마나코어는 언제든 만들 수 있으니 다급한 상황이 되면 즉각 전투를 할 수 있도록 한 것이다.

그는 자신의 기억 속에 있는 나르세우스 황궁의 지도를 양피지 위에 그려보았다.

황궁은 레비로스와 카미엘이 마치 요새처럼 사용했던 곳이니 그 누구보다 구조를 잘 알고 있었다.

화수는 양피지에 지도를 그리고 지하 수로를 돌아다니면서 이곳과 황궁의 위치를 대조해 보았다.

그러자 약 나흘 만에 지하 수로의 지도를 완성할 수 있었다.

지금 화수가 생활하고 있는 곳은 옛 황녀들의 시녀장이 기거하던 숙소로 화장실과 욕실이 딸려 있다.

그는 욕실에 구멍을 뚫어 황궁과 지하 수로를 오갈 수 있는 통로를 만들었다.

왜 하필 황녀의 시녀장이 기거하던 숙소를 통로로 삼았느냐 하면 그녀는 아주 오래전에 카미엘을 사모한다며 따라다니던 사람이었기 때문이다.

아마 자신이 카미엘의 제자라고 말한다면 기꺼이 도와줄 것이라고 생각한 것이다.

사람의 마음을 이용한다는 것이 썩 내키지 않는 화수였지만, 지금으로썬 다른 방법이 없었다.

늦은 저녁, 화수는 시녀장 세르비안이 돌아올 때를 맞춰 욕실 구멍을 통해 숙소로 잠입했다.

구우구우.

그녀가 키우는 비둘기는 매일 화수에게 연애편지를 전달하던 전서구로 그의 냄새만 맡아도 천리를 따라올 정도로 훈련이 잘되어 있었다.

"오랜만에 보는군."

볼 때마다 솜털이 곤두설 정도로 소름이 끼치던 그녀의 전서구이지만 지금 보니 새삼 감회가 새로웠다.

화수는 그녀의 옷장 뒤편에 숨어 숨을 죽이고 이런저런 생각에 잠겨 있었다.

"만약 내가 돌아갔을 때 시간이 너무 많이 흘렀으면 어쩌지?"

블랙홀은 시공간을 멈추게 만드는 곳이지만, 과연 그곳을 빠져나왔을 때엔 어떤 결과를 가지고 올지 아무도 알 수 없었다.

잘못해서 시간이 너무 앞서 가버린다면 그가 돌아갔을 때엔 이미 늦었을지도 모른다.

하지만 지금은 그저 최선을 다해 마도병단을 규합해야 한다.

그렇게만 된다면 아무리 늦었어도 지구를 구할 수 있기 때문이다.

화수가 이런저런 생각에 잠겨 있을 때다.

또각또각.

'왔다!'

시녀장의 숙소는 지극히 개인적인 장소이기 때문에 다른 사람은 출입할 수 없었다.

그는 과연 어떻게 모습을 드러내야 할지 몰라 재빨리 머리를 굴리고 있었다.

하지만 바로 그때였다.

뚜벅뚜벅!

'남자?'

놀랍게도 그녀의 뒤로 아주 묵직한 발소리가 들려오고 있었다.

그 발소리는 아무래도 덩치가 큰 사내의 것으로 짐작되었고, 그 발소리는 그녀의 것과 거의 비슷한 시기에 들렸다.

그러니까 한 마디로 두 사람은 지금 부적절한 관계를 맺고 있다는 소리였다.

'타이밍을 잘못 맞추었군.'

원래 시녀장과 시녀들의 숙소에는 남자를 들일 수 없으며, 평생 연애와는 거리가 먼 상태로 살아가야 한다.

왜냐하면 황궁에는 오로지 시녀들과 시종, 그리고 황궁수비대만이 기거할 수 있기 때문이다.

황궁수비대는 황궁 안에서 연애 행위를 일체 할 수 없으며, 오로지 밖의 사가에서 가정을 차릴 수 있었다.

또한 황궁의 시종들은 전부 어릴 때 거세를 하며 커서는 황제를 수행하는 환관이 되었다.

한마디로 황궁에는 제대로 된 남자를 찾아볼 수가 없으며,

대략 저녁 7시가 되면 관계자 이외의 모든 남자는 궁을 나가야 했다.

그러니 지금 이 시간에 숙소로 남자를 데려온다면 백이면 백 부적절한 관계가 틀림없었다.

'꽤 강단이 있는 여자라고 생각했는데…….'

그녀 역시 아주 관능적이고 매력 있는 여자였지만 화수는 단 한 번도 눈길을 준 적이 없었다.

그녀는 아주 어릴 때부터 카미엘이라는 확실한 목표를 갖고 그에게 매일같이 사랑을 표현했다.

그 모습에 지조가 있다고 생각한 화수였기에 약간의 배신감 같은 것을 느꼈다.

아니, 어쩌면 질투를 하고 있는지도 몰랐다.

'설마…….'

이래서 열 번 찍어 안 넘어가는 나무가 없다고 하는 모양이다.

당시에는 별다른 생각이 없던 화수지만, 지금에 와서 그녀가 다른 남자를 들였다고 생각하니 속이 좋지 않았다.

만약 당시의 카미엘이 이 모습을 목격했다면 적지 않은 충격을 받았을지도 모른다.

'침착하자.'

그러나 이제 그는 지구의 운명을 짊어진 강화수이다. 카미엘로 행동할 수 없었다.

잠시 후 그는 모습을 드러낼 준비를 서둘렀다.

춥춥!

"으음, 픽스 경!"

"세르비안!"

두 사람이 슬슬 서로를 탐닉하는 바로 그때, 화수는 옷장 뒤에서 불쑥 모습을 드러낸다.

뚜벅.

순간 픽스와 세르비안이 화들짝 놀라며 고개를 돌렸다.

"허, 허억!"

"어머낫!"

화수는 반나체가 된 두 사람을 바라보며 실소를 흘렸다.

"황궁수비대장과 시녀장이 그렇고 그런 사이였다니 놀랄 노 자로군."

"네, 네놈은 누구냐!"

픽스는 황궁의 수비대장으로 수려한 외모와 근육질의 몸을 가지고 있었지만 마흔이 넘도록 장가를 못 간 노총각이었다.

매일 황궁에 기거하다 보니 연애를 못해서 가정을 꾸리지 못한 그는 불혹을 넘기고도 독수공방 신세였다.

화수는 어쩐지 두 사람 모두가 조금은 안쓰럽게 느껴졌다.

"후우, 사람이 외로우면 동물을 찾는다고 하더니……."

"뭐, 뭐라?!"

"두 분께서 배꼽을 맞춘 것도 어쩌면 무리가 아닐지도 모르겠네요."

"그런데 이 자식이……?!"

순간, 그는 품에서 마나코어를 꺼내어 픽스에게 내밀었다.

"픽스 경, 이것이 무엇인지 아십니까?"

"마, 마나코어?!"

"듣기론 이 황궁에서도 마나코어를 찾기 힘들다고 하더군요. 그런데 저는 이렇게 멀쩡한 마나코어를 가지고 있지요. 어떻게 생각하십니까?"

"네, 네놈이 어떻게 이 귀한 물건을……?"

그는 넋이 나가 버린 그에게 마나코어를 건넸다.

"가지십시오. 저는 이런 물건을 무려 백 개나 더 가지고 있습니다."

"뭐, 뭐라고?! 이런 미친놈을 보았나?! 그런 허무맹랑한 소리가 통할 것이라고 생각한 것이냐?!"

"믿기 싫으면 믿지 않으셔도 됩니다. 하지만 저는 거짓말을 하지 않습니다. 제 스승님 카미엘 피올리안바토르스의 이름을 걸고 맹세하지요."

순간, 픽스의 눈동자가 거칠게 일렁이기 시작했다.

스릉!

"이런 개새끼를 보았나?! 감히 위대하신 카미엘 장군님의 이름을 들먹이다니!"

"나쁜 놈!"

픽스에게도 카미엘은 상당히 큰 의미가 있었다.

동네 시정잡배이던 픽스는 어려서부터 매일 싸움질만 하던 아이였는데, 카미엘이 막 책사로 임명되었을 때 함께 궁으로 들어왔다.

황도 뒷골목에서 건달 짓거리를 하고 다니던 그를 카미엘이 개과천선시켜 황궁수비대장까지 만든 것이다.

그로 인하여 노총각이 되긴 했어도 그는 자신의 인생을 음지에서 양지로 이끌어준 것에 대해 가슴속 깊이 감사하고 있었다.

이미 그의 가슴속의 카미엘은 영웅이자 우상이며 선망의 대상이었다.

어쩌면 그가 세르비안과 내연의 관계가 된 것은 아주 다행한 일인지도 모른다.

화수는 두 손을 번쩍 들곤 이내 뒷걸음질 치기 시작했다.

"잠깐."

"이런 빌어먹을 잡놈 같으니!"

휘릭!

그가 검을 휘두르던 바로 그때, 화수는 재빨리 시녀장의 욕실로 몸을 던졌다.

그리곤 신속하게 욕실 구석의 구멍으로 몸을 밀어 넣었다.

"젠장!"

"놈을 잡아주세요!"

"물론이오!"

아마 그는 자신들의 부적절한 관계가 들통 나지 않도록 최선을 다해 화수를 잡으려 들 것이다.

그렇다면 이미 조건은 완성된 것이라고 할 수 있었다.

구멍을 통해서 지하 수로로 빠져나온 화수는 자신의 숙소에 대기시켜 놓은 강철 인형들을 끌고 나왔다.

철컹철컹!

그리고 그의 뒤를 이어 픽스가 모습을 드러냈다.

"이놈! 어디에 있느냐?!"

아직 먼지로 인해 앞이 잘 보이지 않아 화수의 위치를 가늠하지 못하는 그였지만 이내 곧 앞을 분간할 수 있게 되었다.

그리고 잠시 후 그는 아연실색하며 화수를 바라보았다.

"어, 어어어?!"

"이런, 내 친구들이 함께 있다곤 말씀을 드리지 못 했군요. 어때요? 내 친구들 멋지죠?"

"빌어먹을!"

지금 그가 소리를 지른다면 황궁수비대 전체가 이곳으로 달려오겠지만, 그와 동시에 두 사람은 감옥에 처박히고 말 것이다.

그는 조용히 검을 앞으로 내밀었다.

척!

"내 여자는 내가 지킨다!"

"피, 픽스 경!"

어느새 그의 곁으로 다가온 세르비안을 바라보며 픽스가 미소를 지었다.

"걱정 마시오. 그대와 나의 아이는 내가 지키겠소."

"아, 아이?"

화수는 두 사람이 꽤 오랫동안 정을 통하여 아이를 만들었음을 알 수 있었다.

세르비안의 나이가 이제 막 마흔을 넘겼을 테니 노산 중에서도 고위험군에 속한다고 할 수 있었다.

"대신관이 필요하겠군."

"닥쳐라! 네놈을 요절내고 카미엘 장군의 넋을 기리겠다!"

그를 조금 두들겨 패 굴복시키려던 화수는 이내 자신의 계획을 접었다.

"그러지 마십시오. 나는 두 사람 편입니다."

"뭐라?!"

"저는 카미엘 장군의 제자입니다. 이 인형들을 보십시오. 지금 제국에서 이런 인형을 만들 수 있는 마도학자가 과연 존재하기나 하겠습니까?"

"뭐, 뭐라고?"

그는 반짝거리는 마나코어를 장착한 강철 인형들을 바라보더니 이내 흥분한 마음을 가라앉힌다.

"흠."

"내가 두 사람을 찾아온 것도 바로 사부님의 유지를 받들기 위함입니다. 도와주실 수 있겠습니까?"

픽스는 가만히 화수를 바라보더니 이내 고개를 가로저었다.

"하지만 네놈을 어떻게 믿으라는 것이냐? 그런 위험을 감수하기엔 시기가 좋지 않아."

이미 화수에 대한 적개심이 생겨 버린 그는 쉽사리 믿음을 갖지 못할 것 같았다.

그렇다면 그에게 보여줄 수 있는 것은 단 하나뿐이다.

"제가 마나코어를 만들어내면 믿어주시겠습니까?"

"마, 마나코어를?"

"네, 만약 카미엘 장군이 마나코어를 제조하던 시설에 저를 데려다만 주신다면 바로 오늘 안에 마나코어를 만들어낼 수 있습니다."

"으음."

두 사람의 대화를 가만히 듣고 있던 세르비안이 불현듯 입을 열었다.

"좋아요."

"세, 세르비안?"

"당신을 돕지요."

"하, 하지만……."

"만약 이 사람이 우리를 해하려 했다면 벌써 피바다가 되어도 이상하지 않아요. 그런데 저 사람은 자신의 결백을 주장하고 있죠. 이게 무엇을 뜻하는 것 같아요?"

"그건 그렇군요."

그녀는 화수와 픽스를 중재하고 대화의 장을 만들기로 했다.

"오늘 제 숙소에서 천천히 술이나 한잔하시면서 얘기해요."

"좋습니다."

세 사람, 아니, 네 사람은 지하 수로를 지나 다시 시녀장의 숙소로 향했다.

*　　　*　　　*

화수는 자신을 카미엘의 제자라고 소개했고, 픽스와 세르비안은 그것을 믿기로 했다.

그는 이곳으로 오기 전 본인 필체로 가짜 칙서를 만들어두었는데 그것을 두 사람에게 보여주었다.

칙서에는 아주 짧고 간결한 글이 쓰여 있었다.

─마나코어를 시신에 이식하라.

두 사람은 이것이 무엇을 뜻하는지 몰라 고개를 갸웃거렸다.

"마나코어를 시신이 이식하라니 그것이 가능한 사람이 있을까?"

"그래서 제가 온 것 아닙니까? 저는 사부님의 심장을 대신할 수 있는 마나코어를 제작할 수 있습니다. 만약 두 분께서 저를 도와주신다면 사부님의 유지를 받들 수 있다는 소리지요."

"흠."

세르비안은 화수의 말을 듣곤 이내 고개를 가로저었다.

"하지만 이미 그곳은 금역으로 지정되어 황궁수비대가 지키고 있어요. 잘못하면……."

"그래서 픽스 경이 이 자리에 있는 것 아닙니까?"

순간 두 사람은 아주 당연하면서도 중요한 것을 잊고 있었다는 듯 무릎을 쳤다.

"아하! 그리고 보니……."

"만약 픽스 경께서 기회를 만들어주신다면 제가 고농축 마나코어를 만들어보겠습니다. 어떻습니까?"

"흐음, 그렇지만 나라고 해도 금역을 마음대로 드나들 수는 없는데……."

화수는 망설이는 그에게 작은 마나코어 열 개를 건네며 말했다.

"이것을 갖고 황궁을 나갈 수 있도록 돕겠습니다."

"뭐라고?"

"어차피 시녀장님은 이곳에서 계속 지내실 수 없습니다. 아이를 가졌다는 것이 들통 나면 감옥에 가실 테죠."

"그건 그렇지만……."

"그전에 제가 손을 써드리겠습니다."

화수는 황궁 지하 수로의 구조를 그려놓은 지도를 그에게 건네며 말했다.

"이곳을 타고 도망가면 안전하게 황궁 밖으로 나갈 수 있어요. 그렇게 되면 두 사람은 아름다운 가정을 꾸릴 수 있을 겁니다."

"하지만 도망자로 살 텐데?"

"그래도 아름다운 부부로서 생을 마감하게 되겠지요."

"……."

그녀는 곁에 앉아 있은 픽스의 손을 꽉 잡았다.

"…해요."

"뭐, 뭐요?"

"하자고요. 이 짧은 삶, 우리도 한번 행복하게 살아봐야 하잖아요?"

"세르비안……!"

뜨거운 두 사람의 눈빛, 이미 일은 결정된 것 같았다.

"어때요? 함께하시겠습니까?"

픽스는 결연한 눈빛으로 고개를 끄덕였다.

"좋다. 너를 도와 마나코어를 제조할 수 있도록 돕겠다. 그리고 카미엘 장군의 묘소까지 동행할 것을 약속하지."

"감사합니다."

이제 화수는 죽어 있는 자신의 시신을 찾아낼 일만 남겨두고 있었다.

5장

부활하다

샤넬리아의 말에 따르면 화수는 죽은 자신을 되살리는 데
필요한 모든 요건을 갖추고 있었다.

그녀는 다크엘프에게서 배운 사령술을 화수에게 전수해
주었고, 그는 카미엘의 육신에 자신의 영혼을 불어넣고 화수
의 영혼에는 사라진 그의 영혼을 채워 넣을 수 있게 되었다.

카미엘의 연구실.

화수는 그녀가 자신의 팔에 새겨준 사령술사의 인장을 매
만져 보았다.

이제 그는 모든 기억을 가진 화수로서 카미엘을 내보내고

또 다른 자신으로서 살아가게 될 것이다.

그렇게 된다면 두 사람은 각자의 육신에 서로의 영혼을 불어넣고 함께 활동할 수 있게 된다.

화수는 지금까지 자신이 만든 마나코어 중 가장 강력하고 영향력이 있으며 죽은 사람도 되살릴 수 있는 새로운 마나신경체계를 구축했다.

그는 죽어 있는 카미엘의 육신을 되살리고 새롭게 살아갈 수 있게끔 육신 전체에 마나코어를 심어놓을 것이다.

그렇게 되면 죽어 있던 카미엘의 몸이 깨어나면서 새롭게 마나신경체계를 구축하게 되고, 그 영향으로 인해 그는 불사의 몸이 되는 것이다.

죽지 않는다는 것, 그것이 얼마나 불행한 일인지 잘 알고 있는 화수지만 소중한 사람들을 위해선 저주도 불사해야 했다.

위이이이잉.

그는 카미엘의 실험실에 있는 마나용광로에서 기존의 마나코어보다 약 이천 배가량 강력한 농도의 물건을 만들어내고 있었다.

화수는 지금까지 쌓아두었던 모든 마나를 방출하여 마나코어를 단련하고 있었다.

약 보름간의 작업이 내리 이어지고 있었지만, 그는 한순간도 용광로에서 떨어진 적이 없었다.

세르비안은 그런 그를 계속해서 뒷바라지하고 있었다.

그녀는 오늘도 화수에게 먹을 것을 가져다주고 씻을 물까지 직접 떠다 주었다.

"아침을 먹고 좀 씻어요."

"고맙습니다."

화수는 그녀에게서 받아 든 음식을 먹으면서 마음속에 있는 진심을 털어놓았다.

"사부님께서 당신 얘기를 하신 적이 있어요."

"카, 카미엘 장군께서요?"

"네. 자신을 좋아하던 아주 매력적인 여인이 있었다고 했지요."

"…그럴 리가요. 그분께서 나를 매력적이라고 생각하셨을 리가 없어요."

"진심입니다. 제가 어째서 곧 깨어나실 그분을 두고 거짓말을 하겠어요."

"……."

비록 지금은 다른 사람의 아이를 가졌지만, 그녀는 한때 카미엘을 진심으로 사모했다.

그 감정은 아직도 가슴 깊숙이 남아 있었다.

"그분께선 어차피 일반적인 인간으로서의 삶을 살아가실

수 없었습니다. 그래서 당신을 선택하지 않은 것인지도 모르지요."

무려 20년이 넘도록 카미엘을 사모한다고 편지와 선물을 보낸 그녀의 마음고생이야 이루 말할 수도 없었을 것이다.

그런 그녀를 끌어안은 픽스 역시 아주 큰 사랑의 감정을 갖고 있을 터였다.

"이제 픽스 경과 함께 피올리안바토르스에서 새로운 삶을 시작하세요. 사부님께서 도와주실 겁니다."

"…고마워요."

"별말씀을요. 저를 도와주신 당신이 존경스러울 뿐입니다."

화수는 그녀에게 깊숙이 고개를 숙였고, 그녀는 가만히 눈물을 훔쳤다.

*   *   *

마나코어 단련 보름째.

화수는 더 이상 자신의 능력으론 이 마나코어를 더 이상 농축시킬 수 없다고 생각했다.

더 이상 마나코어를 단련시킬 수 없다는 것은 이제 카미엘의 시신을 찾아갈 때가 되었다는 뜻이다.

픽스는 자신이 거느리고 있는 휘하의 병력을 모두 소집하여 황궁 정원에 집결시켰다.

그는 아주 결연한 표정으로 병사들에게 말했다.

"지금부터 내가 하는 얘기는 절대로 외부로 유출되어서는 안 된다. 알겠나?"

"예, 대장님!"

"나는 며칠 전 카미엘 대장군의 수제자를 만났다."

"……!"

"그리고 그분께서 남기신 마지막 유언을 전해 들었다."

픽스는 카미엘의 친필로 쓰인 칙서를 꺼내 들었다. 병사들은 그 글귀 하나하나를 함께 공유하며 카미엘을 마음속에 기렸다.

"다들 잘 알겠지만, 카미엘 대장군은 황궁 지하에 있는 허름한 무덤에 갇혀 계신다. 더군다나 그 감옥은 더 이상 외부인의 출입이 불가능하도록 벽돌로 막아놓았지."

황궁수비대는 자신들이 눈물을 머금고 직접 카미엘의 무덤을 봉인하던 때를 상기해 냈다.

그리고 그 감정은 마침내 응축되어 있던 분노로 표출되었다.

"한트!"

"그렇다! 우리는 한트라는 천하의 역적 때문에 지금 이 지경에 이르게 된 것이다! 한트가 벌인 잘못을 바로잡을 수 있는 사람이 누구일 것 같은가!"

"와아아아아아!"

픽스는 점점 더 고조되는 병사들의 감정을 통제했다.

"이제 우리는 아주 조용히 카미엘 대장군의 제자를 무덤까지 호위하고 그곳을 직접 부수어 역사적인 순간의 산중인이 되어야 한다. 알겠나?"

"예!"

"다시 한 번 말하지만 기밀은 철저히 보안되어야 한다. 우리는 자랑스러운 황궁수비대이다. 명예는 곧 뭐다?"

"생명이다!"

"명예는!"

"생명이다!"

카미엘이라는 이름으로 똘똘 뭉친 그들은 굳게 닫혀 있는 황궁 지하로 향했다.

무려 보름이라는 시간 동안 공을 들여 마나코어를 제작한 화수는 그것을 품에 소중이 갈무리한 채 황궁 지하를 찾았다.

황궁수비대는 이곳으로 들어오는 모든 골목을 차단시키고 그 앞을 철통같이 지키며 무덤 앞을 가로막고 있는 두꺼운 벽을 허물기 시작했다.

콰앙콰앙!

망치를 이용하여 벽에 금을 내고 그것을 전투 망치로 두들겨 부수는 작업이 하루 반나절 동안 계속되었다.

워낙 굳게 닫혀 있던 카미엘의 무덤이지만, 무려 500명이 쉬지 않고 작업하니 더 이상 버티지 못했다.

이틀째가 되는 바로 그 순간, 카미엘의 무덤이 그 모습을 드러냈다.

콰앙!

"대장님! 벽이 허물어졌습니다!"

이제 화수는 자신이 죽어 잠들어 있는 곳으로 첫 발걸음을 뗐다.

"자, 가자고."

"후우! 긴장되는군요."

죽은 자신을 지켜보는 느낌이란 이루 말로 설명할 수 없을 정도로 오묘하고 기묘했다.

화수는 자신이 잠들어 있는 관 뚜껑을 열어 그 안을 살펴보았다.

쏴아아아아아!

관 안에는 죽은 그때의 모습 그대로 카미엘의 시신이 안치되어 있었다.

이제 그는 죽어 있는 카미엘의 심장에 마나코어를 이식시키고 신체 곳곳에 소형 마나코어를 부착할 것이다.

실험실에서 가지고 온 도구들을 이용하여 카미엘의 심장을 드러낸 화수는 그 옆에 곧장 마나코어를 가져다 댔다.

그러자 그의 심장이 요동치기 시작했다.

두근두근!

"돼, 됐다!"

그는 빠르게 마나신경체계를 구축하여 카미엘의 시신이 생명을 되찾도록 했다.

촤락!

신체의 각 부분을 갈라내고 그 안에 마나코어를 심어 마나신경체계가 자리를 잡도록 했다.

그리고 약 5분 후, 그의 몸은 정상적인 대사를 시작했다.

화수는 이제 사령술로 영혼을 이동시키고 본래의 영혼을 불러들일 준비를 서둘렀다.

우우우우웅!

"후우."

그의 호흡을 따라 검붉은 기운이 흘러나오더니 이내 푸른 빛으로 색을 바꾸었다.

화아아아악!

"으윽!"

주변에 있던 병사들은 일제히 눈을 감아버렸고, 화수는 그

자리에 곧장 쓰러졌다.

이윽고 가만히 잠들어 있던 카미엘이 눈을 떴다.

"허어어어억!"

마치 누더기처럼 갈라져 있던 그의 몸 역시 정상으로 돌아왔으며, 심장 역시 제대로 뛰었다.

묵빛 갑주와 푸른색 레이피어를 두른 채 자리에서 일어선 카미엘은 기절해 버린 화수를 바라보며 미소를 지었다.

"성공이구나."

그는 시야를 되찾은 병사들에게 다가가 말했다.

"내가 돌아왔다."

"가, 각하!"

"어서 이곳을 나가자고."

"예, 장군!"

카미엘은 축 늘어져 버린 화수를 들고 자신의 무덤을 빠져나왔다.

*   *   *

카미엘이 부활하고 다섯 시간 후, 화수는 드디어 눈을 뜰 수 있었다.

이제는 더 이상 마도학자 카미엘의 현생이 아닌 지구의 화수로서 그 모습을 되찾은 것이다.

"카미엘?"

"내가 나를 쳐다본다는 것이 바로 이런 느낌인가?"

"…오묘하군요."

화수는 지금까지 카미엘이 쌓아두었던 마나와 지구에서의 일을 모두 기억하고 있었다.

또한 현재까지 이뤄놓은 지구에서의 마도학적 진보도 모두 머리에 똑똑히 새겨놓았다.

한마디로 화수는 진정한 카미엘의 후계자가 된 셈이다.

두 사람은 이제부터 사제지간으로서 그 관계를 유지하기로 했다.

"너는 또 다른 나다. 그러니 앞으로 지구를 구하기 위해 헌신할 수 있도록."

"알겠습니다."

카미엘은 새끼손가락의 반지를 빼내어 화수의 약지에 끼워주었다.

"앞으로 너는 피올리안바토르스의 진정한 후계자로 공식적인 나의 제자가 될 것이다."

"예."

"구배지례를 올리고 사제의 예를 갖추자."

"알겠습니다."

화수는 카미엘에게 절을 올리고 무릎을 꿇었다.

챙!

카미엘은 애병인 레이피어를 꺼내 들어 그의 어깨를 2번 툭툭 두드리며 말했다.

"앞으로 강화수 폰 피올리안바토르스는 나의 뒤를 이어 지구 마도학자들의 수장이 될 것을 명령한다."

"명을 받듭니다."

자신이 자신에게 내리는 작위라니 상당히 어색하고 기분이 묘한 것이 사실이다.

하지만 두 사람은 짐짓 진지한 표정으로 의식을 행했다.

그리고 약 5분 후 두 사람은 황궁 지하 밀실에서 나와 병사들 앞에 모습을 드러냈다.

카미엘은 자신을 우러러보고 있는 병사들을 바라보며 말했다.

"지금부터 나는 사라진 마도병단을 찾기 위해 길을 떠난다네. 자네들은 내가 다시 돌아올 때까지 이 사실을 비밀에 붙여주었으면 좋겠군."

"충! 죽을 때까지 비밀을 간직하겠습니다!"

이윽고 카미엘은 화수와 함께 황궁을 떠나 제국령 북부로 향했다.

＊　　　＊　　　＊

카미엘과 화수의 영혼이 나뉘면서 두 사람은 각기 다른 서로의 기억을 공유하게 되었다.

두 사람은 가장 먼저 카미엘의 애마이던 체이서가 머물고 있을 도시 외곽으로 향했다.

체이서는 그곳에서 군마들을 이끌고 살아가고 있었는데, 그는 카미엘이 되살아나자마자 알아서 두 사람을 찾아왔다.

이힝힝!

"오랜만이군."

그는 체이서의 갈기를 매만지며 오랜만에 회포를 풀었다.

그리고 화수는 체이서의 곁에 있는 마도군마 중 교감이 가장 잘 통하는 말을 선정하여 자신의 애마로 삼았다.

이힝!

"네 이름은 만식이다."

충식이라는 이름은 이미 올빼미에게 지어주었으니 만식이라고 지은 것이다.

이제 두 사람은 총 스무 마리의 마도군마를 이끌고 제국 북부로 향할 계획이었다.

나르세우스 서부에 위치한 상단 길드.

화수는 이곳에서 정식으로 상단으로 등록한 후 길을 떠나기로 했다.

상단 길드장은 카미엘과 화수의 신분에 대해 물었다.

그는 픽스가 만들어준 가짜 신분증을 꺼내어 그에게 내밀었다.

"우리는 마르안 집안에서 온 사람들이오. 나는 카엘, 이쪽은 카일이오."

"으음, 그렇군."

두 사람은 같은 머리색과 눈동자 색으로 변장했는데, 그것을 제대로 알아볼 사람은 아마 없을 것이다.

쾅!

상단 등록에 직인을 찍은 길드장은 그에게 약간의 세금을 징수했다.

"3실버요."

"여기 있소."

값을 치르고 나니 대륙 전체를 아우르는 상단 길드의 소속을 뜻하는 인장이 발급되었다.

이 인장을 가지고 있으면 전쟁 중이라고 해도 마음대로 국경을 오갈 수 있을 것이다.

상단 등록을 모두 끝마친 카미엘은 마도병단에 대해 물었다.

"피올리안바토르스에서도 상단을 조직했던 것으로 알고 있소. 지금 그들은 어디에 있소?"

"피올리안바토르스의 상단이라면 검은매 상단을 말하는 모양이군."

"아마도 그럴 거요."

길드장은 대륙의 남쪽을 가리키며 말했다.

"이쪽으로 원행을 떠난다는 보고를 받았소. 그리고 그 이후에는 종적을 감추어 버렸지."

"흠."

"아마 그들을 찾아가려거든 피올리안바토르스 영지를 직접 찾아가거나 남부로 가보는 것이 좋을 것이오."

"그렇구려. 고맙소."

어차피 나르세우스에서 피올리안바토르스까지는 보름이면 충분히 닿을 거리다.

거기에서 다시 배를 띄워 남부로 간다고 해도 일주일이면 충분하니 시간이 촉박하지는 않을 것이다.

"길을 떠나자고."

"예."

두 사람은 상선을 한 척 구해서 마도군마들을 싣고 피올리안바토르스로 향했다.

＊　　　＊　　　＊

대운하를 타고 피올리안바토르스에 도착한 카미엘은 마도 군마들을 맡길 만한 여관을 찾았다.

그리곤 거리 깊숙한 곳에 있는 정보길드에서 마도병단에 대한 정보를 사기로 했다.

딸랑!

정보길드의 문을 열고 들어서니 뜻밖의 얼굴이 카미엘을 반겼다.

"어서 오세요!"

'리안나?'

리안나는 피올리안바토르스 영주성에서 경리 업무를 맡던 가신의 손녀이다.

셈에 능통하고 두뇌 회전이 빨라서 카미엘은 그녀를 차기 자금 관리 내신으로 내정했다.

그랬기에 어째서 지금 그녀가 이곳에서 정보길드를 운영 하고 있는지 이해가 되지 않았다.

화수는 카미엘을 대신해 그녀에게 사정을 물었다.

"이봐요, 당신."

"네?"

"혹시 영주성에서 살던 리안나 아닌가요?"

"…나를 어떻게 알죠?"

"나야, 나! 카일!"

"카, 카일?"

"이런! 설마하니 너에게 열정적으로 사랑을 고백하던 카일을 기억하지 못하는 것은 아니겠지?"

카미엘은 속으로 실소를 흘렸다.

'녀석, 제법 하는군.'

화수는 카미엘의 기억 속 한곳에 머물고 있는 그녀의 개인사를 끄집어냈다.

그녀는 카일이라는 남자에게 대시를 받은 적이 있는데, 그당시 그녀는 그 남자를 아깝게 놓치고 말았다.

영주성에서 지내느라 정신이 없던 그녀는 그와의 약속을 잊어버렸고, 카일은 약속에 나오지 않은 그녀를 포기하고 다른 지방으로 이사를 가버렸다.

그 이후로 소식이 끊어졌다.

가만히 카일이라는 이름을 되뇌던 그녀는 이내 무릎을 쳤다.

"어, 어어?! 카, 카일?!"

"그래, 나야!"

"아, 아하! 네가 이렇게 많이 변했다니……."

"뭐, 세월에 장사 있나?"

하필이면 그의 머리색과 카일의 머리색이 똑같았으니 이 것은 카미엘의 무의식 속에서 나온 행운이라고 할 수 있었다.

화수는 그녀에게 왜 이곳에 있는지에 대해 물었다.

"영주님께서 너를 재무담당관으로 내세웠다고 들었는데 어째서 이곳에 있는 거야? 그때 너는……."

"그, 그게 말이지, 사정이 있었어."

그녀는 특유의 허둥거림으로 대답을 이어나갔다.

"난… 영주성에서 쫓겨났어."

"뭐? 어째서?"

"카미엘 장군님께서 돌아가시고 난 후 리카엘리나님께서 모든 가신을 내쫓으셨어. 그때 나도 함께 영주성을 나온 것이 지."

"허, 허어!"

카미엘은 속으로 이를 갈았다.

'어쩐지. 피올리안바토르스가 그렇게 일찍 망할 리가 없었 는데.'

그녀는 자신이 온전히 영주성의 기득권을 취하기 위해서 카미엘을 따르던 가신들을 죄다 숙청해 버린 것이다.

그로 인하여 피올리안바토르스는 정치적 기반을 모두 잃 고, 그때부터 쇠퇴의 길을 걸어온 것이다.

카미엘은 자신의 죽음이 이렇게까지 심각한 일을 만들어

낼 줄은 미처 상상도 못했다.

'어서 잘못을 바로잡아야겠군.'

그가 마도병단을 찾아내야 하는 것은 비단 지구를 살리기 위해서만은 아니었다.

한트를 찾아내 무너진 제국을 재건하고 자신의 영지를 되살려내 평화를 되찾아야 한다.

카미엘은 자신의 어깨 위에 짐이 한 덩이 더 놓였다는 것을 느꼈다.

그는 이제 마도병단의 소식을 물었다.

"피올리안바토르스의 상단이 조직되었다고 들었소. 그들은 지금 어디로 갔소?"

"아마 남부로 원행을 떠났다가 돌아오지 않았을 거예요. 그들 역시 리카엘리나님께서 귀환을 막은 것으로 알고 있어요."

그녀는 자신의 이득을 위해 영지의 모든 충신을 줄초상 내버린 모양이다.

'이런 머저리 같은……'

이제 그는 남부로 향할 준비를 서둘렀다.

"혹시 그들이 향한 곳을 기억하고 계시오?"

"아마도 남부의 플레이어 정글 인근일 거예요."

"그렇군. 잘 알겠소."

카미엘이 정보에 대한 값으로 금화 한 닢을 건네려던 바로 그때, 그녀가 그의 손을 잡았다.

"저기……."

"무슨 문제라도?"

"어디로 가시나요?"

"…왜 그러시오?"

그녀는 눈을 돌려 화수를 바라보며 말했다.

"그냥… 어디로 가시는지만 알고 싶어서요."

"대운하를 타고 행상을 꾸릴 것이오."

"아……!"

아마도 그녀는 카일과 함께 다시 잘해보고 싶다는 생각을 했을 것이다.

하지만 화수는 이미 지구에 세라라는 연인을 두고 있다. 비록 차원을 넘어왔지만 바람을 피울 수는 없었다.

"혹시나 해서 말하지만… 이 아이는 이미 정혼자가 있소."

"그, 그런……."

"그냥 노파심에 말씀드린 것이니 기분 상해하진 마시오."

"네……."

두 사람은 어깨가 축 처진 그녀를 뒤로한 채 남부 플레이어 정글로 향했다.

　　　　*　　　*　　　*

　남동부 연안에 위치한 안트리아 자작령.

　레비로스는 목적지로 향하기 전에 인근 신전에 들르기로
했다.

　아무리 자신이 천사의 뿔 나팔을 가졌다고 해도 그곳에서
과연 무슨 일이 일어날지 알 수가 없었던 것이다.

　제국의 제2신전 나폴로니아의 전당에 들어선 레비로스는
이곳의 대신관을 찾았다.

　나폴로니아의 대신관은 대륙 최고의 성기사로서 지금까지
수많은 전장에서 혁혁한 공을 세웠다.

　비록 지금은 남부의 연안에 정착해 고해성사를 들어주고
있지만, 한때는 제국의 주신교 성기사단 총수로 역임했던 장
수이다.

　그는 레비로스를 보자마자 황제의 아들임을 단박에 알아
보았다.

　"레비로스 전하가 아니십니까?"

　"그동안 안녕하셨습니까?"

　"10년 전에 제가 직접 안수기도를 드렸던 것으로 기억하는
데 세월이 무심하군요."

　"세상은 앞으로 흐르게 마련이지요."

대신관 마이언트는 그의 머리를 매만지며 다시 한 번 안수 기도를 올렸다.

"앞으로 이 청년에게 영광의 축복이 있기를……."

그러자 그의 손에 끼워져 있던 미카엘의 반지가 반응하기 시작했다.

우우우웅!

순간 마이언트는 눈을 번쩍 떴다.

"이, 이것은……!"

"아르테미스 전당의 대신관께서 주셨습니다."

그는 지금 이것이 무엇을 의미하는지 알고 있는 모양이다.

"드디어 때가 온 것이군요."

"당신께서도 내가 이곳에 올 것이라는 사실을 알고 계셨습니까?"

"그 언젠가 대신관께서 저에게 말씀하셨지요. 성기사단이 움직여야 할 때가 올 것이라고 말입니다."

마이언트는 레비로스와 카미엘을 신전 깊숙한 곳으로 안내했다.

신전 뒤뜰에 들어선 그는 기도하고 있는 대천사 라파엘로의 동상 앞에 무릎을 꿇었다.

그리곤 신성력을 발동시켜 동상에 손을 얹었다.

우우우웅!

이윽고 동상은 신성력에 반응하여 흰빛으로 빛나더니 그 아래에 계단을 만들어내기 시작했다.

쿠그그그그극!

철컹!

기도를 끝낸 마이언트는 레비로스와 카미엘에게 손짓했다.

"이곳으로 오시지요. 자네도 함께 말일세."

"아, 예."

두 사람은 마이언트를 따라 지하로 내려갔는데, 그곳에는 푸른색 갑주와 방패 등이 진열되어 있었다.

그 숫자는 무려 2만여 정. 제국의 성기사들이 모두 무장할 수 있을 정도의 양이었다.

"이곳은 성기사들의 비밀결사 기지입니다. 제가 신호를 보내면 그들은 자신의 병력과 종자까지 전부 데리고 이곳으로 모여도록 되어 있습니다."

"그렇다는 것은……."

"저는 미카엘의 반지가 다시 찾아오면 전쟁이 일어날 것이라는 것을 대신관님께로부터 전해 들었습니다. 그분께선 저에게 무려 100번이 넘는 신탁을 받고 나서야 사실을 말씀해 주셨지요."

테르미온은 이번 사태가 일어날 것을 꽤 오래전부터 알고 준비를 해온 것이다.

하지만 그것을 레비로스 스스로가 망쳤으니 제대로 방비가 될 리가 없었던 것이다.

'나의 어리석음 때문에 많은 사람이 죽었구나!'

지난 과오를 뉘우치던 레비로스, 그에게 마이언트가 말했다.

"지금부터 전하께선 우리 성기사들과 함께 악의 소굴로 들어가실 겁니다. 그 길은 상당히 험준하며 결코 쉽지 않은 길이 될 것입니다."

"고통을 감수하겠습니다."

이윽고 마이언트는 카미엘을 바라보며 물었다.

"자네까지 우리를 따라갈 필요는 없다네."

"아닙니다. 저는 기꺼이 제국을 위해 이 한목숨 바치겠습니다."

"좋네. 그렇다면 이 자리에서 안수기도를 받고 성기사의 작위를 내리겠네."

"감사합니다."

그는 즉시 무릎을 꿇었고, 마이언트는 두 눈을 감고 기도를 시작했다.

"신이시여, 이 청년에게 당신의 권능을 행사하시어 보호하여 주시옵소서."

바로 그때, 카미엘의 몸에 흰빛이 달라붙더니 이내 은빛 문신을 만들어냈다.

"이, 이것은……?"

"자네가 성기사단의 일원이 되었다는 표식이라네. 앞으로 신의 뜻을 따라 움직이는 수호자가 될 수 있도록 하게."

"예, 단장님!"

카미엘은 마법사이자 마도학자, 그리고 성기사가 되었다.

자신이 겪었던 과거와는 완전 다른 행보이긴 하지만 그리 나쁘지 않은 변화였다.

레비로스는 슬슬 또 한 번의 전쟁이 다가오는 것을 느꼈다.

'이제부턴 정말 신의 뜻에 맡기는 수밖에 없겠군.'

그는 이곳에서 두 사람과 함께 성기사단을 기다리기로 했다.

6장

제이나의 방문

카미엘과 화수는 대운하를 타고 일주일 만에 남부 플레이어 정글에 당도할 수 있었다.

요즘은 플레이어 정글 인근이 우기에 접어들었기 때문에 물살이 상당히 빨랐다.

때문에 배는 평소보다 약 세 배가량 빠르게 움직여 목적지에 일찍 닿을 수 있었던 것이다.

두 사람은 플레이어 정글 인근에 위치한 베르리아에 잠시 머물면서 마도병단에 대한 소식을 수소문하기로 했다.

그들은 북부에서 가지고 온 동물들의 모피를 상단에 넘기

면서 슬쩍 운을 떼었다.

"모피가 참으로 곱구려."

"고맙소."

카미엘은 모피를 만지작거리는 상인에게 물었다.

"그나저나 요즘은 북부에서 상단이 잘 내려오지 않는 모양이오? 북쪽의 물건을 잘 구경할 수가 없던데."

"뭐, 그렇게 되었소. 약 3년 전부터 이상하게도 상단이 움직이지 않지 뭐요? 그래서 지금은 레이언트 대륙에서 옷감을 가져다 쓰는 형국이오."

"값이 비쌀 텐데?"

"그래도 물건이 없는데 어쩌겠소? 동물 가죽은 대부분 피올리안바토르스에서 나오는데 그들이 상단을 보내지 않으니……."

"으음, 그렇게 된 것이군."

카미엘은 마도병단의 소식이 끊어진 것이 정확히 언제인지 물었다.

"그렇다면 언제쯤 상단이 발길을 끊은 것이오?"

"3년 전 이맘때쯤이니 여름일 것이오."

"흠."

"그런데 이상한 것은 3년 전 여름에 그들이 이곳을 떠날 때 북쪽으로 향한 것 같지는 않았소."

"그렇다면 어디로 갔단 말이오?"

"듣기론 서부로 향한 것 같았소. 그곳에서 물건을 사고 돌아갔을 수도 있지만, 서부 상인들은 그들이 갑자기 없어졌다고 했소."

이 사람의 말에 따르면 마도병단은 영지에서 쫓겨나 서부 사막에 둥지를 틀었을 수도 있다는 소리다.

"정확한 소식을 들으려면 헤실리온 남작령으로 가보는 것이 좋을 거요. 그곳에 꽤나 큰 정보길드가 생겼다고 하더군."

"고맙소."

카미엘과 화수는 이곳에서 약 반나절 정도 걸리는 헤실리온 남작령으로 향했다.

＊　　　＊　　　＊

헤실리온 남작령은 남부지역의 교역을 중계하는 상인들의 도시로서 이름이 높았다.

또한 헤실리온 남작령은 이곳을 상인뿐만 아니라 용병들이 일거리를 찾아 모여들 수 있도록 용병길드와 정보길드도 신설해 두었다.

대부분의 길드는 수익을 찾아서 이곳에 기틀을 잡았고, 최근에는 대형 길드들도 남부에 자리를 잡기 위해 헤실리온 남작령을 찾았다.

카미엘은 그중에서 가장 크고 정보력이 강한 '붉은 장미'를 찾았다.

한데 카미엘은 이 붉은 장비의 문양이 무척이나 눈에 익었다.

'설마…….'

이 문양은 제국군 정보부가 사용하던 문장으로 오로지 총사령관급 이상의 수뇌부만 알 수 있다.

지금 이 문양에 대해서 아는 이는 아마 카미엘이 유일할 것이다.

그는 정보길드의 문을 열고 안으로 들어가 진상을 확인해 보기로 했다.

딸랑!

"어서 오세요."

"정보를 좀 사고 싶어서 왔소."

"무슨 정보가 필요하신가요?"

"북쪽에서 눈이 내리던 날 장미가 피었소."

순간 그를 바라보던 정보길드의 눈빛이 날카롭게 변했다.

"…누구시오?"

"장미가 피었다지 않았소?"

챙!

정보길드는 그를 향해 검을 뽑아 들었다.

"문을 닫아라!"

쾅!

이제 이곳은 그 누구도 들어올 수도 나갈 수도 없는 밀실이 되어버렸다.

카미엘과 화수는 그들에게 대항하는 것보다 말로 풀어내는 것을 택했다.

"북쪽에서 장비가 피었다는 것은 내가 제이나에게 내렸던 명령이다. 그녀는 지금 어디에 있나?"

"죽고 싶은 것이냐?!"

어쎄신들의 단도가 카미엘의 심장 부근으로 날아올 즈음 화수가 그것을 잡았다.

턱!

"······!"

단도를 이렇게 빨리 날릴 정도의 실력이라면 분명 숙련된 어쎄신이었을 것이다.

화수가 그런 그의 공격을 단 일격에 제지해 버렸으니 놀라는 것도 무리는 아니었다.

"말로 해결하자고 찾아온 사람을 이렇게 대접하나?"

"네놈들은 도대체······."

바로 그때 지하에서부터 한 여인이 모습을 드러냈다.

퐛!

그리고 그녀는 자신의 앞에 선 카미엘을 바라보며 물었다.

"붉은 매가 남쪽으로 내려올 것이다."

"후후, 아직 죽지 않고 살아 있었군."

차가운 눈초리의 그녀, 카미엘의 앞에 선 여자는 다름 아닌 정보부장 제이나였다.

*　　　*　　　*

제이나는 자신의 앞에 불쑥 나타난 카미엘을 바라보며 연신 고개를 갸웃거렸다.

"정말… 언데드는 아닌 것이지요?"

"유감이지만 그렇지는 않다네."

"흐음."

아무리 그녀라고 해도 이렇게 불쑥 나타난 카미엘을 받아들이기란 쉽지가 않을 것이다.

그러나 그녀는 공식적으로나 비공식적으로나 제국군 공작의 휘하에 있었으니 명령에 따라야 한다.

"지금 마도병단은 어디에 있나?"

"서부에서 방랑군 생활을 하고 있습니다. 아마 찾는 데 시간이 좀 걸릴 겁니다."

"자네의 정보력으로 불가능한 일이 있던가?"

"그래서 시간이 좀 걸린다고 하지 않았습니까."

"그렇군."

이윽고 그녀는 카미엘의 곁에 앉은 화수를 바라보며 물었다.

"그나저나 이 청년은 누구입니까? 아까 보니 실력이 보통이 넘는 것 같던데."

"내 수제자일세."

"장군의 수제자?"

화수는 그녀에게 정중히 고개를 숙이며 인사했다.

"강화수입니다."

"화수?"

"이름이 좀 특이할 겁니다. 하지만 그만한 사정이 좀 있다네."

그녀는 더 이상 군소리를 붙이지 않는다.

"뭐, 제자라고 하니 이해가 되는군요. 괴물이 키운 괴물 주니어라니 진짜 실력이 궁금해지는군요."

"…괴물이 되었으니 기대해도 좋네."

화수는 두 사람 사이에 어쩐지 이해할 수 없는 골이 생겼음을 알 수 있었다.

"그나저나 당신은 사부님께 꽤 좋지 않은 감정을 가지고 있는 모양이군요."

"뭐, 뭐예요?"

"상관이 죽었다 살아났는데 기뻐하기는커녕 자꾸 딴죽만 걸고 있군요."

"…다 사정이 있습니다."

"무슨?"

"여자의 깊은 속사정까지 다 알려고 들다간 다쳐요."

번뜩거리는 그녀의 눈빛, 그제야 화수는 입을 꾹 다물었다.

"…미안합니다."

"알면 되었어요."

쓰게 웃은 카미엘은 이내 자리에서 일어섰다.

"가자고. 이제 그들을 찾아야 할 시간이 왔어."

"지금 당장이요?"

"문제 있나?"

"뭐, 그런 것은 아니지만……."

"서두르게."

제이나는 상당히 떨떠름한 얼굴로 카미엘을 뒤따랐다.

＊　　　＊　　　＊

대류 서부로 향하는 여정은 북에서 남으로 내려올 때보다 훨씬 더 험난했다.

대운하에 버금갈 정도로 크고 긴 강이 존재하고 있긴 하지만 사막 특유의 폭염과 일교차는 사람을 극도로 지치게 만든다.

하지만 카미엘 일행은 그런 악조건에서 한 달을 내리 달려도 끄떡없는 체력을 가지고 있었다.

남부에서 서부로 향하는 길목, 이곳에서 사할린 강을 타자면 사막 길을 무려 보름이나 말을 달려야 한다.

벌써 4일째. 제이나는 카미엘에게 딱히 말을 걸지 않고 있었다.

카미엘과 화수가 물어보면 그저 대답하는 시늉을 하고 있을 뿐이다.

약 15년 전, 카미엘은 제이나와 비공식적인 연인 관계로 발전했던 사이다.

아주 짧은 교제였지만 두 사람은 꽤나 뜨거웠고, 잘하면 결혼까지 생각해볼 수도 있을 정도였다.

하지만 뭇 남녀 사이가 그렇듯 두 사람은 3년의 연애를 끝내고 다시 공적인 관계로 돌아왔다.

그때의 감정이 아직 남아 있는데다 오로지 자신의 뜻만 내세워 한트의 꼬임에 넘어갔으니 제이나의 기분이 좋을 리가 없었다.

카미엘은 그녀의 눈치를 살피며 물었다.

"기분이 별로 좋지 않은 건가?"

"…아닙니다."

"그렇군."

그녀가 카미엘에게 가장 질렸던 부분이 바로 이런 점이다.

그는 여자의 미음을 잘 모르는데다 눈치까지 없어서 한 번 물어보고 대답이 없으면 그냥 마음을 접어버리는 스타일이었다.

한마디로 여자들이 가장 싫어하는 남자의 전형적인 유형이었다는 소리다.

제이나는 어차피 말해 봐야 그가 알아들을 것 같지도 않아서 그냥 입을 닫아버린 것이다.

하지만 그런 그녀의 마음을 알 리가 없는 카미엘로선 여간 답답한 것이 아니었다.

그런 정적을 깨주는 것은 다름 아닌 화수였다.

"크, 크흠! 이 근방에서 식사라도 좀 하고 가시죠."

"그럴까?"

카미엘은 이미 해가 중천에 떴음을 발견하곤 곧장 인근에 있는 마을을 찾아 말을 몰았다.

남부에서 서부로 향하는 길목에는 꽤 많은 여관이 자리하고 있어서 식당을 찾는 것은 그리 어려운 일이 아니었다.

세 사람은 근방에서 가장 허름하고 인적이 드문 여관을 찾아 들어갔다.

끼익!

젊어서부터 오로지 싸고 양이 많은 곳을 찾아다니던 카미엘은 결코 화려한 식당을 찾아 들어가지 않는다.

워낙 여행을 오래한 카미엘이기 때문에 조금이라도 돈을 아끼려는 습관이 몸에 배어 있는 것이다.

하지만 그런 습관은 제이나의 마음을 또 한 번 뒤집어놓았다.

"…사람이 없네요. 차라리 저 옆으로 가요."

"으음, 뭘 모르는 소리. 원래 이런 곳이 더 맛있는 법이지."

"원래 맛있는 집에 사람이 많은 법입니다만?"

"그건 자네 생각이고."

"……."

카미엘만큼이나 눈치가 느린 화수지만 자신보다 그는 한 술 더 뜬다고 생각했다.

'저러니 아직까지 장가를 못 갔지.'

인물이 출중하고 키도 훤칠하지만 여자를 너무 모른다는 것이 카미엘의 단점이었다.

지금까지 여자를 만나도 하룻밤 지새워 온 만년 여행객 카미엘이라면 당연히 여자를 모를 만도 했다.

아마도 지금까지 그를 거쳐 간 여자들은 대부분 멀쩡한 허우대만 보고 따라왔을 것이 분명했다.

화수는 카미엘을 잡아 이끌었다.

"사부님, 저쪽으로 가시지요."

"뭐라? 어째서……."

"제 생각에 저쪽으로 가는 것이 좋을 것 같습니다. 그리고……."

"그리고?"

"파티의 평화를 위해서도 그게 좋을 것 같고요."

지금까지 같은 몸을 사용해 온 터라 카미엘은 눈치로 화수의 의도를 대략이나마 간파했다.

"그럼 그렇게 할까?"

"가시지요."

하지만 아마도 카미엘은 화수의 정확한 생각은 알아채지 못했을 것이다.

다만 이렇게 하는 편이 좋을 것 같아서 화수를 따를 뿐이었다.

*　　　*　　　*

다음날 아침, 세 사람은 계속해서 서쪽으로 여행하고 있었다.

째앵!

"덥군."

지금까지 사막에서 살아본 경험이 없는 화수로선 이 더위가 거의 미칠 듯한 고통으로 다가왔다.

그나마 마도학을 익히지 않았다면 벌써 저세상으로 떠나버렸을지도 모른다.

연신 손부채질을 해대던 화수에게 저 멀리 생전 처음 보는 언어로 가득한 간판들이 보였다.

"처음 보는 언어군요."

"아마도 서부대륙에서 건너온 문자가 아닌가 싶군."

영혼이 겹쳐져 있다곤 해도 화수는 카미엘의 기억을 100%다 공유하고 있지는 않았다.

그렇기 때문에 생소한 것이 생각보다 꽤 많았다.

제이나는 가방에서 사전을 한 권 꺼내어 펼쳤다.

"서방의 언어들을 번역한 책입니다. 이것만 있으면 어느정도 해석이 가능해요."

화수는 조용히 그녀에게 손을 내밀었다.

"저에게 주십시오."

"이 책을요?"

"제가 가이드 노릇을 하도록 하지요."

제이나가 카미엘을 바라보자 그는 작게 고개를 끄덕였다.

"내 제자가 알아서 할 것이네. 나 역시 취미로 잠깐 공부하도록 하지."

화수는 약 30분간 책을 읽었는데 그사이 그 안에 들어 있는 문자와 문법들을 죄다 정독하여 자신의 것으로 만들었다.

카미엘 역시 화수와 비슷한 방식으로 10분 만에 문자를 모두 습득했다.

이윽고 화수는 자신의 머리에 들어 있던 지식을 동원하여 간판에 적혀 있는 서방 언어를 해적하기 시작한다.

"이곳에서 서방 대륙으로 건너가는 정기선을 탈 수 있답니다. 화물을 싣는 데 드는 비용은 가액의 1%고요."

"그리고 서방 대륙으로 건너가 또다시 5%를 징수하도록 되어 있지."

그녀는 마도병기들이 가진 지적 능력을 익히 알고 있지만, 이 정도로 머리 회전이 빠른 줄은 몰랐다.

"뇌를 계량한 것인가요?"

"나름대로 수련법을 터득한 것이지요. 그 과정에서 암기력을 극대화시키는 법을 익히게 되었습니다."

"꽤나 편리한 두뇌들을 가지고 있군요."

지금까지 화수는 자신의 두뇌를 가지고 마나신경체계를 구축하는 방법 등을 연구해 왔다.

만약 이 정도의 두뇌를 가지고 악한 곳에 썼다면 벌써 지구는 그의 손아귀에 들어왔을지도 모른다.

카미엘은 완벽하게 익힌 언어를 바탕으로 수소문을 시작하기로 했다.

"항구로 가자고. 이곳에서 상인들을 통하여 수소문하다 보면 방랑군에 대한 얘기를 들을 수도 있겠어."

"그러시죠."

제이나는 방랑군이 서부로 갔다는 것 이외에는 별다른 정보를 가지고 있지 않은 상태였다.

지금 이곳에서 정보길드를 이용한다고 해도 아마 제이나와 비슷한 수준일 것이다.

이럴 땐 상인들의 입소문을 통하여 사람을 찾는 것이 최고의 방법이었다.

세 사람은 마을에 위치한 선술집으로 향했다.

＊　　　＊　　　＊

항구도시는 상당한 부를 축적한 곳으로 대부분 이곳을 통하여 교역품과 수산물이 들어오기 때문에 현금의 유통도 꽤 많았다.

하지만 전란이 지나간 지 얼마 되지 않았기 때문에 부유한 사람을 찾아보기란 그리 쉬운 일이 아니었다.

그나마 서역에서 건너온 상인들과 그들을 상대로 장사하

는 상인들만이 일부 부를 축적하고 있는 상태였다.

카미엘은 대부호의 상선에 승선하는 선원이나 해군, 원양어선의 어부들을 찾아다니며 방랑군에 대해 수소문하기로 했다.

서역에서 온 초대형 상단 막스메이런의 선원들은 모두 눈동자 색이 각각 다 달랐다.

카미엘이 속한 중앙대륙의 인종은 흰 피부에 파란색 눈동자, 거기에 갈색이나 노란색 머리가 특징이다.

하지만 서부대륙은 그와 정반대로 구릿빛 피부에 눈동자는 양쪽의 색이 달랐다.

가장 흔한 눈동자 색은 보라색과 레몬색, 머리카락은 은색과 회청색이 가장 흔했다.

거기에 몸집이 중앙대륙보다 약간 작고 날렵하다는 것이 특징이었다.

막스메이런의 선원들은 그런 자신들과는 조금 다르게 생긴 청년들이 서부대륙을 유랑하고 있다고 말했다.

"지금 그들은 도적떼를 섬멸하고 다닙니다. 황폐한 도시를 재건하는 사업을 펼치다가 자금이 떨어지면 도적떼를 털어서 자금을 충당하지요. 도적떼는 상단을 습격하여 돈을 벌고 상단은 대부호가 운영하는 것이니 한마디로 그들은 대부호의 돈을 뜯어서 민생을 구원하고 있는 셈이지요."

"그들의 수장은 어떻게 생겼는지 아시오?"

그들은 고개를 가로저었다.

"이들은 일반적으로 얼굴을 가리고 일하기 때문에 누가 누구인지 알 수가 없어요. 나도 몇 번인가 그들을 목격한 적이 있는데 전부 얼굴에 흰색 터번을 칭칭 감고 있어서 누가 누구인지 알 수 없더군요."

"흠."

선원들은 카미엘에게 지도를 건네며 말했다.

"이곳에 표시된 곳은 우리가 구호물자를 전달하는 곳입니다. 만약 그들을 찾아가고 싶다면 지도에 표시된 곳을 연결하여 긴 선을 만들고 그곳을 따라 이동해 보십시오. 아마 그렇게 하다 보면 그들을 만날 수 있을 겁니다."

"그렇군요. 고맙습니다."

이윽고 카미엘은 이곳의 점주를 불러냈다.

"주인장, 이곳에 있는 사람들에게 술을 한 잔씩 돌리시오."

"당신이 사는 거요?"

그는 고개를 가로저었다.

"난 돈이 없소. 아마 이 여자가 계산할 것이오."

순간 제이나의 표정이 잔뜩 일그러졌다.

"…내가 무슨 장군의 지갑인 줄 아세요?"

"우리끼리 왜 이래? 정보를 샀는데 돈이 없어 그러는 것 아닌가? 자네가 좀 변통해 줘."

"……."

그녀는 잔뜩 일그러진 표정으로 금화 한 닢을 꺼내어 주인 장에게 건넸다.

"이것으로 술을 돌려요."

"부부가 참으로 통이 크시구려. 좋소, 술집에 있는 모든 사람에게 술을 돌리겠소."

이윽고 그는 술집 중앙에 있는 은색 종을 울렸다.

팅팅팅팅!

"이쪽에 있는 부부가 당신들에게 술을 사겠다고 하셨소! 무려 금화 한 닢이나 주셨으니 오늘은 아주 배가 터질 때까지 드시오!"

"와아아아아아아아아!"

이런 선술집에서 금화 한 닢이면 각각 한 상씩 술을 마실 수 있는 금액이다.

원래 항구의 선술집은 주대가 저렴한 편인데다 요즘은 금값이 열 배 이상 올랐기 때문에 금화 한 닢이면 하루 매상을 채우고도 남는다.

제이나의 입장에선 그리 큰돈은 아니었지만 선술집 주인의 입장에선 봉을 잡은 것이나 마찬가지였다.

"오오오오, 통도 크시오!"

"뭘 그러시오? 좋은 정보를 얻었으니 당연히 술을 사야지."

"하하하! 바깥양반이 화끈하시군!"

"에이, 그런 사이 아니오."

"그런 사이가 아니라니? 그럼 저런 사이인가?"

"하하하하하!"

아저씨들의 말도 안 되는 농담이 오가기 시작하자 제이나는 잔뜩 굳은 얼굴로 술집을 나섰다.

카미엘은 그런 그녀를 쳐다보지도 않은 채 사람들과 어울려 술을 마셨다.

아무래도 두 사람은 이런 상황이 처음은 아닌 듯 아주 자연스럽게 서로의 동선을 정했다.

'역시 그녀가 보살이었던 모양이군.'

사람들은 카미엘을 위대한 마도학자라고 칭송하지만 남자로서 그는 거의 최악이었다.

인성이나 성품은 상당히 올곧지만 자신의 여자에겐 별생각이 없었던 것이다.

화수는 그런 그를 바라보며 고개를 가로저었다.

"그래, 어떤 사람은 혼자 살아야 주변에 피해를 주지 않는 경우도 있는 법이지."

그는 카미엘이 어째서 마흔이 훌쩍 넘도록 장가를 가지 못한 것인지 아주 잘 알 것 같았다.

카미엘은 아직 짝을 만나지 못한 것이 아니라 짝을 만날 수 있는 성격이 아니었던 것이다.

아마 그가 조금만 더 노력했다면 저 보살 같은 제이나가 떠나갈 리 만무했을 터이지만, 카미엘은 그런 성격과는 거리가 멀었다.

화수는 술을 돌리고 있는 카미엘을 뒤로한 채 제이나를 따라 술집을 나섰다.

*　　*　　*

서부 끝자락에 위치한 항구도시 야하르의 밤.

선선한 바닷바람이 불어오고 있다.

휘이이이잉!

제이나는 그런 바닷바람을 맞으며 홀로 미란츠를 마시고 있었다.

꿀꺽.

"후우."

그녀는 쓰디쓴 술을 안주도 없이 마시며 복잡한 심경을 씻어내고 있었다.

그런 그녀에게 화수가 다가와 말을 건넸다.

"옆에 앉아도 됩니까?"

"…자리 있어요."

"그럼 자리의 주인이 도착하면 비워 드리는 것으로 하지요."

"말이 안 통하는 사람이네."

화수는 딱딱하게 굳어버린 제이나의 곁에 억지로 엉덩이를 붙이고 앉았다.

그리곤 산지에서 동화 한 닢을 주고 산 농어와 우럭 회를 자리에 깔아놓았다.

"제가 있던 곳에선 생선을 이런 식으로 먹습니다. 지금 드시고 있는 미란츠에 곁들여 먹으면 천하 일미이지요."

"그래봐야 싸구려 미란츠가 고급술로 변하지는 않아요."

"그건 생선회에 대해서 잘 모르시기 때문에 할 수 있는 말입니다."

그는 소주와 비슷한 맛이 나는 미란츠를 한 모금 마시더니 이내 곧바로 회를 입으로 구겨 넣었다.

우득우득!

"으음! 좋군!"

중앙대륙에는 간장과 비슷한 종류의 향신료인 메런디가 있는데, 그곳에 매운맛이 나는 향신료를 섞으면 꽤 괜찮은 소스가 된다.

화수는 그것을 간장 대신 찍어서 회를 먹어치우고 있었다.

그는 회에 메런디 소스를 찍어서 그녀에게 건넨다.

"한 잔 쭉 들이켜요. 이것이 속을 달래줄 겁니다."

"……."

"어서요. 기분이 한결 나아질 겁니다."

제이나는 얼떨결에 술을 한 모금 들이켠 후 생선회를 씹어 삼켰다.

우득우득!

이내 그녀의 눈동자가 휘둥그레졌다.

"오, 오오……?!"

"어때요? 꽤나 괜찮은 맛이죠? 원래 생선은 이렇게 잡자마자 회를 쳐서 먹어야 합니다. 그렇게 되면 식감은 물론이고 감칠맛까지 살아나지요."

태어나 처음으로 생선회를 맛본 그녀는 마치 맛의 신세계를 보았다는 듯 호들갑을 떨었다.

"인공 천재가 되었다더니 정말로 그런 모양이군요! 우와, 이런 맛이 다 있다니……."

"원래 세상은 넓고 맛있는 음식은 많습니다."

화수는 근처 공방에서 가지고 온 술잔을 그녀에게 내밀었다.

"제대로 한잔합시다. 이렇게 병나발을 불면 시집도 못 가고 늙어 죽습니다."

"…어차피 그렇게 될 운명이에요."

"에이, 그런 소리가 어디 있습니까? 한 잔 하세요."

그녀는 화수가 따라준 술을 손에 쥐곤 심란한 표정을 지었다.

"마도학자들은 정말로 불사의 존재인가요?"

"그렇다고 볼 수 있지요. 심장을 도려내지 않는 이상 불사의 존재로 계속 살아가겠지요."

제이나는 화수에게 뜻밖의 소리를 늘어놓았다.

"난 차라리 그가 죽었으면 좋겠다고 생각했어요. 인류에겐 재앙이지만, 나 스스로에겐 미련을 버릴 수 있는 계기가 되었거든요."

"하지만 아쉽게도 제가 나타나서 당신의 바람을 망가뜨리고 말았네요."

그녀는 쓸쓸하게 웃었다.

"당신께는 고마움을 느끼고 있어요. 저렇게 멍청한 남자이지만 인류에겐 구원인 사람이거든요."

"별말씀을요."

아마도 제이나는 아직도 카미엘에게 연애의 감정을 느끼고 있는지도 몰랐다.

그러나 카미엘이라는 사람은 그 어떤 여자도 감당할 수 있는 남자가 아니었다.

"만약 할 수만 있다면 그를 잊어버리고 싶네요. 차라리 모르는 사이처럼 말이죠."

"흠."

화수는 그런 그에게 과연 어떤 매력이 있는지 궁금해졌다.

"사부님의 어떤 면이 그렇게 좋은 겁니까?"

"좋다기보다는……."

"사람이 싫었다면 그가 하자는 대로 따랐겠습니까? 다 이유가 있는 법이지요."

그녀는 살짝 일그러진 미간을 위아래로 꿈틀거리며 말했다.

"따뜻한 사람이지요, 그 사람은. 그리고 가만히 내버려 두면 혼자서 폭주하다 죽어버릴 것 같아서 안쓰럽고요."

"모성본능을 자극하는 남자라……."

아마도 카미엘은 남자가 이해하지 못하는 매력을 가진 사람인지도 몰랐다.

가만히 앉아 술을 마시던 화수는 문득 좋은 생각이 났다는 듯이 말했다.

"제게 좋은 생각이 있어요."

"좋은 생각이요?"

"사부님이 어떤 생각을 가지고 있는지 궁금하지 않아요?"

"그건 그렇지만……."

"내가 당신에게 그 생각에 대한 해답을 드릴게요."

화수는 그녀에게 귓속말로 작전에 대해 설명했다.

*　　　*　　　*

며칠 후, 카미엘 일행은 항구에서 짐을 꾸려 서부대륙으로 이동할 준비를 서둘렀다.

보름간 먹을 수 있는 식량을 챙기고 선실에서 잠을 잘 수 있도록 침낭도 몇 개 구비했다.

카미엘은 마구간에 마도군마들을 실으며 앞으로의 계획을 짜고 있었다.

그는 상당히 진지한 얼굴로 지도를 바라보고 있었다.

"서부대륙 동쪽에 도착하게 되면 곧바로 짐을 풀고 첫 번째 목표 지점으로 향하자고. 그리곤 쉬지 않고 두 번째 지점으로 향하게 되면……."

"……."

지도를 살피던 카미엘은 아까부터 별 대답이 없는 두 사람을 바라보았다.

"제군들?"

두 사람은 늦은 아침을 먹고 있었는데, 서로 먹을 것을 챙겨주며 두런두런 이야기를 나누고 있다.

"이게 샌드위치라는 것인데 아침으로 좋습니다."

"으음, 그러네요."

"맛이 괜찮습니까?"

"호호, 맛있군요!"

카미엘은 그런 두 사람을 바라보며 고개를 갸웃거렸다.

"언제 그렇게 친근한 사이가 되었지?"

"호감이 가는 사람이니까요."

"뭐, 뭐라고?"

"호감이 간다고요."

그녀가 대놓고 화수에게 호감을 표시하자 카미엘은 조금 당혹스러운 표정을 지었다.

그리곤 어쩐지 불안한 눈빛으로 화수를 바라보았다.

"크, 크흠! 자, 자네의 성격이 좋긴 하지."

"뭐, 제이나도 화끈한 성격이라 좋습니다. 그녀는 제가 본 여자 중에 가장 호감형의 여성이네요."

"…그렇군."

화수는 아주 찰나의 순간이지만 카미엘의 눈동자가 흔들리는 것을 포착했다.

그것은 바로 카미엘이 아직까지 제이나에게 일말의 감정이 남아 있다는 것을 반증하는 것이다.

만약 그것이 아니고 단순히 두 사람의 사이를 질투하는 것이라고 해도 마찬가지다.

'효과가 있군.'

연애에 대해서 잘 모르는 화수지만 자신과 영혼이 분리된 카미엘이 어떻게 행동할 것이라는 것쯤은 이미 예상하고 있었다.

카미엘은 완전히 자신의 사람이라고 생각하지 않는다면 절대로 부탁 같은 것을 하지 않는다.

명령이 아니라 부탁을 한다는 것은 신세를 지는 일이기 때문이다.

부하들에게도 잘 하지 않는 부탁을 한다는 것은 제이나를 부하가 아니라 특별한 관계로 인식한다는 소리다.

화수는 그녀를 바라보며 슬그머니 미소를 지었고, 그녀는 고개를 끄덕였다.

'고마워요.'

'별말씀을.'

이제 그녀는 조금이나마 마음이 후련해진 것을 느꼈을 것이다.

혼자서 심란해하는 것은 아니었으니 최소한 여자로서의 자존심을 지킨 것이기 때문이다.

7장

옛 부하들

서부대륙으로 향하는 길목.

엄청난 수의 상선이 하나의 항로로 배를 몰고 있다.

솨아아아아!

총 55개의 돛이 달린 상선은 안정적으로 바람을 뚫고 갈 수 있도록 역삼각형의 돛과 5개의 충각을 가지고 있었다.

선반의 후미에는 조타기와 함께 보조 동력장치인 물레가 달려 있어 4m이상의 물살도 충분히 가를 수 있게끔 설계되어 있었다.

아주 오래도록 대륙을 오간 서부의 상선은 이렇듯 오로지 안전성을 최우선으로 고려해 설계되어 있다.

카미엘이 탄 상선 역시 안정성을 중요시하는 보통의 상선이었다.

흔들리는 갑판 위에 선 카미엘은 점점 가까워져 오는 서부대륙을 바라보며 읊조렸다.

"이곳은 변함이 없군."

아주 젊은 시절 카미엘은 레비로스와 함께 서부대륙을 탐험한 적이 있었다.

불과 반년의 짧은 탐험이었지만 나름대로 넓은 식견과 경험을 쌓아 중앙대륙으로 돌아올 수 있었다.

그는 당시의 서부대륙을 몽환의 섬이라고 기억하고 있었다.

서부대륙은 토지의 70% 이상이 산으로 되어 있으며, 해안은 모두 조수간만의 차가 심해서 사면이 모두 갯벌로 되어 있었다.

일 년 중 봄이 가장 길며, 여름과 겨울은 불과 4개월밖에 지속되지 않기 때문에 대부분 선선한 날씨가 유지된다.

강수량은 적당하고 기온은 큰 변동이 없기 때문에 벽돌보다는 나무로 지은 집이 많았다.

또한 대지 면적의 7할이 산이기 때문에 농사보다는 과수나 수렵, 목축, 벌목이 육지 생산의 거의 대부분을 차지했다.

바다는 풍부한 어획량으로 조업이 1년 내내 이어지며 갯벌

채취 또한 계절마다 쉬지 않고 이어진다.

목축은 소나 말, 양, 그리고 하몬이라고 불리는 발굽 짐승을 주로 키운다.

하몬은 말에 비해 조금 느린 편이지만 체력이 거의 두 배 가까이 뛰어나기 때문에 장거리 운송에 많이 사용되었다.

덩치는 소와 비슷하고 힘은 소보다 조금 약한 편이며 겁이 없고 사람과의 친화력이 좋았다.

때문에 대부분의 국가는 하몬을 전투마 대신 쓰고 있으며, 일반 가정집에서도 하몬은 대략 4~5마리 정도 키우고 있었다.

서부대륙을 일컫는 말인 하모나드라는 말도 이 하몬에서 비롯된 것이다.

하모나드 동부의 상징인 황금빛 바다와 앨버트로스들은 카미엘 일행을 맞아 역동적인 모습을 자아내고 있다.

선원들은 이제 정박할 준비를 서둘렀다.

"닻을 내릴 것이다! 모두 위치로!"

"위치로!"

그 흔한 풍랑 한번 치는 법이 없는 하모나드 동부는 고즈넉하면서도 넉넉한 모습이었다.

지나가던 어부들은 낯선 이방인에게도 손을 흔들어주었으며 항만의 아낙들은 잠시 가던 길을 멈추고 상선의 하역 작업을 구경했다.

상선이 하역을 시작하면 가장 먼저 항만을 지나던 시민들에게 물건을 파는데, 이때 팔리는 물건의 양은 대략 40%에 달한다.

루야나드 중앙대륙, 그러니까 통상적으로 루야나드라고 부르는 곳에서 온 물건들은 20~50%의 마진을 받고 팔려나갔다.

이곳에서 가장 인기 있는 품목은 밀과 쌀, 옥수수 같은 농작물이다. 주식이 생선이나 과일, 고기인 하모나드에서 곡물은 쉽게 맛보기 힘든 작물 중의 하나이기 때문이다.

화수와 제이나는 배에서 물건을 내려놓자마자 팔리는 곡물을 바라보며 신기한 표정을 지었다.

"이 정도의 속도라면 금방 부자가 되겠습니다."

"그러게 말이에요."

그러나 카미엘은 고개를 가로저었다.

"이곳의 주식은 고기일세. 밀은 탄수화물을 비롯한 기타 영양분을 섭취하기 위한 간식 같은 것이지. 하모나드 사람들은 좀처럼 굶주리는 경우가 없기 때문에 욕심이 없어. 이곳에서 물건을 사서 하루 먹을 양만 빵으로 만들어놓고 더 이상 저장하지 않지."

"하긴 겨울이 그렇게 짧은데 무엇 하러 일부러 음식을 저장하겠습니까?"

"바로 그런 이유 때문에 이곳에선 장사로 큰 이문을 취하기 힘들지. 그래서 이곳의 상인들은 대부분 배를 타고 중앙대륙이나 남부대륙으로 항해하여 이문을 취한다고 하더군."

조금 특이한 광경이긴 하지만 사람이 사는 곳은 모두 똑같아 보였다.

물건을 사고 나면 없는 물건은 다시 나누고 남는 물건은 필요한 사람에게 돌아가고 있다.

아낙들은 오늘 찬거리로 질 좋은 밀과 쌀을 샀다며 연신 호들갑을 떨었다.

얼마 전 언데드의 습격을 받았다고는 전혀 믿기지 않는 광경이다.

"살기 좋은 곳이군요."

"그래서 서부대륙을 루야나드의 보석이라고 부르는 것이 아닌가?"

계속해서 이어지는 하역 작업을 구경하던 일행은 이내 배에서 내려 근처에 있는 선술집으로 향했다.

*　　*　　*

상선이 돌아오면 선장과 선원들은 단단히 잡은 한몫을 아낌없이 풀고 2일에서 3일간 술집에서 나오지 않았다.

이때가 선술집과 여관들이 대목을 잡는 날이라고 할 수 있었다.

카미엘 일행은 시끌벅적한 선술집을 돌아다니며 마도병단에 대한 정보를 수소문했다.

지도를 가지고 있긴 하지만 첫 번째 지역부터 두 번째 지역까지는 무려 3일이 걸리는 거리다.

무턱대고 아무 곳이나 갈 수는 없었다.

그러다 화수는 선술집 무희에게서 마도병단의 방향에 대해서 들을 수 있었다.

"대륙 북부에 있는 헬란드 평야에 있는 마을 2개를 재건하고 있다고 들었어요. 아마 별탈이 없다면 지금도 그곳에서 마을을 재건하고 있겠군요."

"인원은 얼마나 됩니까?"

"3천 명쯤 되는 것 같더라고요. 나머지는 서부로 갔다고도 하고 남부로 갔다고도 하고 말이 많아요."

"흠."

화수는 자신에게 아낌없이 이야기를 들려준 무희에게 은화 한 닢을 건넸다.

"이야기 잘 들었습니다. 이건 팁이에요."

"어머나, 인심도 후하시지."

이윽고 돌아서는 화수에게 무희가 물었다.

"시간 괜찮으시면 한잔하지 않으시겠어요?"

"아니, 전……."

"은화를 한 닢이나 주셨는데 그냥 보내드릴 수 있나요? 한 잔 더 하고 가세요."

"하지만……."

그가 망설이고 있을 때, 카미엘이 다가와 상황을 정리해 주었다.

"마시고 오게. 나는 제이나와 함께 여관에 머물고 있겠네."

"그렇지만 시간이 그리 많지 않습니다만……."

"서너 시간의 여유는 있어. 그러니 한잔하고 오게."

화수는 카미엘의 강권에 못 이겨 그녀와 함께 술자리를 갖기로 했다.

"좋습니다. 그럼 몇 잔 더 걸치고 집에 돌아가는 것으로 하시죠."

"그래요."

그를 술자리에 남겨두고 돌아서려는 카미엘에게 그녀가 정중히 물었다.

"시간 되시면 함께 한잔하시죠."

"괜찮소. 나는 저녁이나 먹으면서 내일을 준비하겠소."

"그러지 말고 한 잔만 하세요. 긴히 드릴 말씀이 있습니다."

"내 제자에게 하면 안 되는 말이오?"

"당신께서 꼭 봐주셔야 할 아이가 있어서 그렇습니다."

"아이?"

그녀는 카미엘에게 바짝 다가서더니 이내 귓속말로 작게 속삭였다.

"장군님께서 꼭 봐주셔야 합니다."

"…내 정체를 알고 있었소?"

무희가 고개를 끄덕이자 카미엘은 어쩔 수 없이 그녀의 말에 따르기로 했다.

그녀를 따라 술집 구석으로 가보니 거대한 개 한 마리와 작은 소녀 하나가 앉아 있다.

그런데 개와 소녀에게선 아주 익숙한 기운이 풍겨져 나오고 있었다.

"마도군견?"

이렇게 많은 사람이 오가고 있음에도 불구하고 전혀 짖지 않는 것은 물론이고 꽤 오랜 시간 앉아 있었음에도 불구하고 함부로 실례를 하지 않는 개는 흔치 않다.

더군다나 일반적인 대형견보다 족히 1.5배는 더 컸고, 이빨은 상당히 날카로워 보였다.

이것은 바로 카미엘이 전투에 사용하기 위해 길들인 다이

어울프의 개량형인 마도군견이었다.

북부의 숲 지대에서 자생하는 초대형 늑대인 다이어울프는 길들이기가 불가능하다고 알려져 있다.

하지만 카미엘은 다이어울프를 새끼 상태로 잡아들여 마나코어를 심고 그것을 다시 교배시켜 뛰어난 품질의 다이어울프를 얻어냈다.

끝없는 개량으로 태어난 마도군견은 심장과 뇌에 마나코어를 장착하고 고도의 훈련을 받아 강철 체력의 병기로 다시 태어난 것이다.

가장 큰 품종은 망아지보다 훨씬 더 크기 때문에 군마 대신 사용하기도 했다.

그런 마도군견을 이곳에서 본다는 것은 상당히 이례적인 일이다.

한데 더 이상한 것은 마도군견 옆에 있는 작은 소녀의 몸에서도 마나코어의 기운이 뿜어져 나오고 있다는 것이다.

"이 아이는……."

"방랑군 병사의 아이입니다. 제 딸이기도 하지요."

그녀는 아이의 로브를 걷어내고 그 모습을 카미엘에게 보여주었다.

아이는 파란색 눈동자와 파란색 머리, 그리고 약간 푸르스름한 피부를 가지고 있었다.

상당히 차가워 보이는 아이의 겉모습은 마도학자인 카미엘이 보기에도 상당히 이국적이고 신비해 보였다.

하지만 이곳의 정서와는 맞지 않아 살아가는 데 지장이 있을 수 있겠다는 생각이 들었다.

"태어날 때는 정상이었지만 점점 나이가 들수록 증상이 심해집니다. 이제는 불빛이 없는 곳에 서 있으면 몸에서 빛이 납니다."

"돌연변이군. 마도병기가 인간과 합방하여 돌연변이를 일으킨 것이오."

마도병기를 창시한 카미엘이지만 결단코 이렇게 특이한 경우는 한 번도 본 적이 없었다.

그의 지식과 의학적, 과학적 지식을 가지고 있는 화수로서도 이 현상은 상당히 뜻밖이었다.

"혹시 마법을 배운 적이 있습니까?"

"아니요. 저는 그저 이곳에서 춤이나 추고 술이나 파는 무희인걸요."

카미엘은 아이에게 손을 내밀었다.

"좀 보자꾸나."

"……."

"괜찮아. 아저씨는 너를 해치지 않는단다."

그가 아이에게 손을 가져다 대려 하자 마도군견이 거대한 이를 드러냈다.

으르르르릉!

"괜찮다. 해치지 않아. 가만히 앉아 있어라."

마도군견은 금방이라도 뛰쳐나올 것 같은 자세를 취하고 있었는데, 아무리 카미엘이라고 해도 녀석의 습격을 잘못 받으면 상처를 입을 수도 있다.

하지만 그는 개의치 않고 아이의 머리에 손을 올렸다.

그러자 그의 손에서부터 푸른 기운이 흘러나와 아이의 머리를 타고 온몸 구석구석으로 퍼져 나갔다.

카미엘은 조용히 눈을 감고 아이의 상태를 진단하기 시작했다.

바로 그때였다.

우우우우웅.

아이의 몸속에서부터 작은 울림이 퍼져 나왔다.

'마나코어!'

사람이 인위적으로 만들어야 탄생할 수 있는 마나코어가 아이의 몸에서 스스로 크기를 키워나가고 있었다.

이런 경우가 있으리라곤 전혀 상상조차 하지 못한 카미엘은 놀라움을 금치 못했다.

"이건… 축복과 동시에 저주라고 할 수 있겠군."

"저, 저주요?"

"이 아이는 지금 체내에 마나코어를 품고 있소. 아마도 이 대로 큰다면 분명 감성을 잃어버리고 말 것이오. 또한 고통을 느낄 수 없기 때문에 맛이나 쾌락도 느끼지 못할 거요."

아이의 엄마는 그만 다리가 풀려 그 자리에 주저앉고 말았다.

"아아……!"

"괜찮으시오?

그녀는 고개를 가로저었다.

"이제 어떻게 해야 하나요? 이 아이는 아무런 잘못도 없는 데……."

"걱정하지 마시오. 우리가 도와줄 수 있소. 감정이 없어진 아이의 신경을 되살릴 수 있는 기술이 개발되었으니 큰 무리 없이 자라날 수 있을 것이오."

"저, 정말입니까?"

"대신 내가 이곳에 있다는 사실은 그 누구에게도 알리지 마시오. 아직은 나의 존재가 알려져선 안 되는 시기라서 말이 오."

"물론입니다! 아이를 치료해 주실 수만 있다면……."

"좋소, 그렇다면 우리가 아이를 고쳐 드리리다."

"감사합니다!"

이윽고 자리에서 일어선 카미엘은 아이를 데리고 여관으 로 올라갔다.

*　　　*　　　*

　당장 수술 도구를 구하는 것은 쉽지 않은 일이지만 철만 있다면 충분히 가능했다.

　화수는 대장간에서 메스로 사용할 칼과 수술용 집게, 그리고 산소호흡기로 사용하게 될 그릇 등을 구매했다.

　그는 작은 프로펠러와 나사 등을 만들고 그것을 머릿속에 그린 도면대로 이어 붙여 수술용 장비를 마련했다.

　위이이이잉.

　삐빅삐빅.

　기계의 전원을 켠 화수는 자신의 마나코어에 전선을 연결하여 직접 마나를 공급했다.

　"산소를 공급할 수 있고 혈액을 지속적으로 공급할 수 있습니다."

　"좋아, 그렇다면 당장 수술을 시작하도록 하지."

　"예, 알겠습니다."

　화수는 마나코어에 슬립마법을 걸어 만든 마취 액을 아이의 몸속에 주입했다.

　그러자 아이의 몸이 축 늘어지면서 마취 상태로 접어들었다.

　임시로 만들어진 수술대 위에 아이를 눕히고 마나코어로

코팅한 장갑을 낀 카미엘이 수술 집도를 시작했다.

"메스."

화수가 카미엘의 지시에 따라 수술용 도구를 건네자 카미엘은 아주 조심스럽게 아이의 후두부를 절개했다.

그러자 머리 깊숙이 잠들어 있던 작은 마나코어가 그 모습을 드러냈다.

"생각보다 크게 자라진 않았군. 하지만 이 정도면 충분히 고통을 느낄 수 없을 정도야."

"없앱니까?"

"아니. 이것을 제어할 수 있는 마나신경체계를 구축하도록 하지."

"예, 알겠습니다."

카미엘은 뇌에서 마나코어를 꺼내고 그것을 개량하기 위해 임시 마나용광로에 집어넣었다.

부글부글!

아주 작은 크기의 마나용광로이지만 아이를 정상으로 만들기엔 충분할 것이다.

그는 마나코어가 단련되는 동안 아이의 뇌에 마나신경체계를 구축하기 위한 설계에 들어갔다.

척수부터 뉴런까지 이어지는 전체적인 신경을 재구성하고 그것을 강화하기 위한 마법진도 설치했다.

아이가 크면 이 마법진은 스스로 녹아 없어지면서 기능을 다하겠지만, 이것이 없어질 때쯤이면 아이는 자신을 제어할 수 있게 될 것이다.

제어를 이기는 것은 자신의 강력함이고, 카미엘은 그 벽을 뛰어넘기 전에는 마법진이 없어지지 않도록 설계했다.

이제 신경체계를 구축하기 위한 준비 작업은 끝이 났고, 마나코어를 뇌에 이식해서 생명을 불어넣으면 된다.

카미엘은 이제 마나용광로에서 마나코어를 꺼내 그것을 뇌에 집어넣고 빠르게 신경을 연결했다.

치직, 치지지지직!

피가 타들어가면서 내는 소리와 함께 아이의 마나코어가 서서히 자리를 잡아갔다.

그리고 약 5분 후, 카미엘은 마나코어에 손을 대어 작동 여부를 확인해 보았다.

두근두근!

적당한 강도로 태동하는 것을 보니 제대로 이식된 것 같았다.

"이제 마무리하고 닫도록 하지."

"예, 알겠습니다."

카미엘은 아이의 두뇌 겉을 마나코어로 감싼 후 다시 그 위를 원래의 두개골로 덮었다.

이렇게 되면 혹시라도 일어날 마나 폭주를 막아낼 수 있을 것이다.

마지막으로 아이의 머리에 흉터가 남지 않도록 꼼꼼히 꿰맨 후 그 위를 성수로 적혀 상처를 아물게 해주었다.

뚜둑, 뚜두두둑!

스스로 새살을 만들어낸 아이의 머리는 애초에 상처가 없는 사람처럼 깔끔한 상태가 되었다.

카미엘은 끝으로 아이의 머리에 손을 대어 마나의 유동을 관찰했다.

"됐다. 안정적이야."

"수고 많으셨습니다."

두 사람은 아이의 몸에 이불을 덮어주곤 수술실을 정리하기 시작했다.

*   *   *

수술 두 시간 후, 아이가 드디어 잠에서 깨어났다.

"으음……."

아이의 엄마는 그녀를 보자마자 이곳저곳을 더듬으며 안위를 확인했다.

"괘, 괜찮아? 아픈 곳은 없어?"

"엄마?"

"그래, 엄마야."

"난 괜찮아. 어쩐지… 머리가 가벼운 것 같아."

"흑흑, 다행이구나!"

"그런데 엄마, 왜 울어?"

"아, 아니야. 엄마는 안 울어."

이제 일곱 살이 된 소녀는 엄마의 손을 꼭 잡으며 말했다.

"울지 마. 이젠 내가 엄마를 지켜줄게."

"셔, 셜린?"

"아빠가 없다면 내가 엄마를 지켜야지. 아주 예전에 어떤 할아버지가 그랬어. 사랑하는 사람은 직접 지키는 것이라고."

"흑흑, 셜린!"

마도병기는 사랑이라는 감정은 물론이고, 위로라는 것 자체를 알지 못한다.

그나마 세월이 많이 흘러 뇌가 조금씩 발달하게 되면서 조금이나마 인간성을 되찾아야 비슷한 단어 정도는 읊조릴 수 있을지도 모른다.

하여튼 그녀는 이제 스스로 감정을 제어할 수 있는 진짜 사람이 된 것이다.

셜린의 엄마 엔은 카미엘에게 연신 고개를 숙였다.

"감사합니다! 정말 감사합니다! 이 은혜는 평생 잊지 않겠습니다!"

"아니오. 그저 할 일을 했을 뿐이외다."

"흑흑!"

아이를 치료한 것이 참으로 다행이라는 생각이 들면서도 카미엘은 자신이 한 사람의 인생을 망친 것은 아닌가 하는 생각을 해보았다.

셜린의 아버지는 아마도 그녀를 사랑하는 마음은커녕 부성애를 느끼지도 못할 것이다.

그것은 가정을 꾸릴 수 없다는 소리이기도 하니 치료법을 발견하지 않았다면 아예 가정이 형성되지도 않았을지도 모른다.

이제 그에게 남은 첫 번째 숙제는 마도병단 전체를 개조시키는 것이다.

3만의 병사 모두가 제대로 된 감정을 갖고 살아간다면 그가 가지고 있는 마음의 짐이 조금은 덜어질지도 모를 일이다.

그는 이제 이곳을 떠나 북부지대로 향하기로 했다.

"우리는 이만 가보겠소. 신의 가호가 함께하길……."

하지만 그녀는 카미엘을 따라 북으로 가겠다고 나섰다.

"당신을 따라서 북으로 갈 수 있게 해주세요."

"그 길은 쉽지 않소만?"

"상관없어요. 셜린의 아빠를 만나서 아이의 성장한 모습을 보여주고 싶어요. 그럴 수만 있다면……."

뜻하지 않게 이산가족이 되어버린 이들은 화수는 물론이고 제이나의 마음까지 움직인 듯했다.

"같이 가시죠. 큰 짐이 될 것 같지도 않은데 말입니다."

"맞아요. 당신이 아무리 냉혈한이라고 해도 이 사람들을 버릴 수는 없을 겁니다."

카미엘은 흔쾌히 고개를 끄덕였다.

"좋소, 같이 갑시다. 가서 아이의 아버지도 개조하여 정상적인 가정을 꾸릴 수 있게 해주겠소."

"감사합니다! 감사합니다!"

이제 카미엘의 일행엔 두 모녀와 한 마리의 개가 추가되었다.

*   *   *

안트리아 자작령에 위치한 작은 별장.

이곳으로 성기사단의 핵심 전력이 모여들고 있었다.

서부신전은 사람들의 이목을 집중시킬 수 있기 때문에 비밀리에 전력을 이동시키고 있었던 것이다.

신전에서 중무장을 완료한 성기사단 병력 2만은 휘하의 군사들까지 전부 동원하여 4만의 군세를 이루게 되었다.

이렇게까지 급속도로 전력이 충원될 수 있었던 것은 모두 테르미온의 예언 덕분이다.

그는 무려 20년 전에 신의 계시를 받았고, 그것을 수행하기 위하여 천천히 활동을 시작하고 있었던 것이다.

마이언트 성기사단장은 기사단의 새로운 맹주로 레비로스를 내정했고, 기사들과 병사들은 그것을 흔쾌히 받아들였다.

이곳에 모인 병사들은 전부 수도승 출신으로 성기사보다는 조금 못하지만 일반 병사의 약 3배에 달하는 전력을 가지고 있었다.

마도병기와 싸운다고 해도 과연 그 승자가 누가 될지는 감히 장담하기 힘들 정도이다.

성기사들은 이들을 모두 기사라고 칭하지만, 그들은 끝까지 자신들을 낮추어 기사 칭호를 고사했다.

때문에 병사들과 기사들은 똑같은 문양의 갑옷을 착용하고 있었다.

레비로스는 그런 그들에게 명령을 하달했다.

"지금부터 우리는 안트리아 자작령으로 진입한다. 그리고 그곳에서 악마들의 흔적을 찾아 처단할 것이다."

"예, 맹주님!"

"또한 일말의 의심이 드는 것이 있다면 주저하지 말고 단장에게 고발하여 처벌할 수 있도록 하라."

"명을 따르겠습니다!"

"우리는 악마의 자식들이 이 땅에 발을 붙일 수 없도록 해야 한다. 일반인이 죽는 것은 원치 않지만 만약 저들이 악마를 숭배하고 있다면 그에 응당한 벌을 내려도 좋다. 이 모든 것은 황태자인 내가 윤허하는 바이다."

"전하께 은총이!"

카미엘은 마이언트 단장의 곁에 섰고, 앞으로 그는 마이언트를 따라다니면서 종자 노릇과 동시에 성기사로서의 책무까지 겸임하게 될 것이다.

스릉!

레비로스는 전 병력에게 진군을 명령했다.

"전군, 진군하라!"

둥, 둥, 둥, 둥!

악마 토벌의 시작.

그것은 철저히 신분을 숨긴 성기사들이 안트리아 자작령을 탐색하는 것으로부터 시작되었다.

레비로스는 잠정적으로 이곳을 첫 번째 악마 숭배의 장소로 지목했지만, 아직까지 그 증거는 발견되지 않은 상황이다.

하지만 테르미온의 계시가 있었기 때문에 혐의만 발견되면 즉시 영지로 돌입하여 악마 숭배의 근원지를 없애 버릴 것이다.

레비로스는 자신이 가지고 있던 마왕의 몸에서 뿜어져 나오던 향기를 이곳에서도 느끼고 있었다.

'분명하다. 이곳이야.'

그는 약 100명의 기사를 이끌고 영지로 잠입하여 안트리아 자작을 만나기로 했다.

레비로스는 여행을 떠난 지 3년 만에 처음으로 자신의 신분을 노출했다.

영주성 앞에 선 그는 아주 큰 소리로 외쳤다.

"나는 나르서스 제국의 황태자 레비로스다! 이곳의 영주 안트리아 자작은 나와서 나를 영접하라!"

그의 외침에 병사들이 하나둘 걸어 나오기 시작했다.

병사들의 얼굴은 무척이나 수척했으며 몸은 거의 뼈밖에 남아 있지 않았다.

'모르는 사람이 보면 딱 좀비라고 생각할 정도군.'

거의 시신에 살갗을 붙여놓은 것처럼 생긴 병사들은 도저히 사람으로 생각되지 않을 정도였다.

병사들은 레비로스의 앞에 부복하며 말했다.

"황태자 전하를 뵙습니다."

"안트리아 자작은 어디에 있는가? 어째서 황태자를 직접 영접하지 않는단 말인가?"

"그, 그것이……."

레비로스의 곁에 있던 성기사가 그들을 닦달했다.

"어허, 어서 바른 대로 고하지 못할까!"

그러자 그들은 마지못해 입을 열었다.

"병환이… 깊어서 미처 나오지를 못했습니다."

"병환이라?"

병사들은 고개를 숙인 채 말을 이어나간다.

"지금 저희들의 영지에는 정체를 알 수 없는 질병이 퍼지고 있습니다. 땅은 모두 시체더미처럼 걸쭉해져서 농사를 지을 수 없으며 사람들은 말라가고 있지요. 음식을 먹은 즉시 죄다 토하는 바람에 살아남은 사람이 그리 많지 않습니다."

"그런 말도 안 되는 병이……."

"현재 영지민의 숫자는 5천이 조금 안 됩니다."

"……."

자작령은 한 지역을 총괄할 정도로 큰 세력이기 때문에 5천이라는 영지민으론 감당이 안 된다.

아마 영지민은 족히 10배가량 줄어 저 안은 시신으로 가득할 것이 분명했다.

"좋다, 그렇다면 내가 직접 자작을 찾아가겠다."

"그것은 좀……."

"나는 황태자다. 신하의 건강을 살피는 것 또한 황족으로서 당연한 도리이다."

레비로스가 그들에게 설교를 늘어놓고 있을 무렵, 영지 안쪽에서부터 수상한 소리가 들려왔다.

—우어어어어!

—끼에에에에엑!

그러자 병사들은 혼비백산하여 병장기를 버리고 도주하기 시작했다.

"으, 으아아아악! 놈들이 깨어났다!"

"놈들?"

순간, 레비로스는 지금 이 소리가 다름 아닌 언데드의 소리임을 직감했다.

그는 성기사들에게 명령을 내렸다.

"지금 당장 본대에 연락하여 병력을 움직일 수 있도록 하라! 영지 안으로 돌입할 것이다!"

"예, 맹주!"

레비로스는 영지 안으로 병력을 움직이기로 했고, 이곳으로 4만의 군세가 서서히 이동을 시작했다.

8장

재회

　서부대륙 북부 지역.

　평균 기온보다 약 5도 정도 낮은 날씨 탓에 조금은 쌀쌀한 기운이 감돌고 있었다.

　카미엘 일행은 북부 지역 최남단에 위치한 산트리아 왕국 국경지대를 지나고 있었다.

　산트리아 왕국은 벌목꾼들이 세운 나라로 왕은 정치에 참여하지 않고 신하 위에 상징적으로 군림하는 입헌군주제 국가이다.

　루야나드의 다른 대륙에서는 아직까지 입헌군주제를 찾아

볼 수 없기 때문에 중앙대륙에서 온 사람들은 입헌군주제라는 말 자체를 이해하지 못했다.

하지만 화수와 카미엘은 현대의 지식을 가지고 있는 사람들이기 때문에 입헌군주제가 얼마나 합리적인 제도인지 잘 알고 있었다.

수상이 나라의 살림을 굴리고 국왕은 신하들을 아우르며 국민은 주권을 일부 주장할 수 있는 나라, 한마디로 이곳은 민주주의의 초석을 다지는 중이었다.

과도기적 시기가 지나간 후 이곳은 이미 민주주의가 조금씩 정착하고 있었다.

카미엘은 나르서스 제국을 재건하는 것이 중요하다고 생각하고 있긴 하지만 이제 더 이상 이 상태로 살아갈 수 없음을 느끼고 있었다.

대륙에 불어 닥친 피바람을 잠재우기 위해선 진보한 민주주의 정치가 필요하며, 그것을 이룩하기 위해선 당분간 마도병기가 필요했다.

그는 지구에 불어 닥친 마족의 침공 열풍을 잠재우고 나면 무리해서라도 다시 한 번 블랙홀을 넘어갈 것이다.

그렇게 되면 이제 진정한 태평성대를 이룰 수 있을지도 모른다.

산트리아 왕국 국경지대로는 알로나 강이 지나는데, 이곳

을 타고 강을 거슬러 올라가게 되면 마도병단과 금세 조우할
수 있을 것이다.

카미엘은 산트리아 왕국 수비대에게 자신의 신분이 적힌
명패를 보여주고 말과 마차를 끌고 갈 수 있는 마패를 구매했
다.

이곳에선 말과 마차를 굴릴 수 있는 마패를 국가에서 발급
하는데, 그 수수료가 대략 1실버가량 과징된다.

총 5개의 마패를 받은 카미엘은 병사들에게 마을을 재건하
고 있을 마도병단에 대해 물었다.

"이곳에 대륙의 피해를 복구하고 다니는 병사들이 있다고
들었소. 어디에 있는지 아시오?"

병사들은 마도병단에 대한 얘기를 듣자마자 그들에 대해
칭찬을 늘어놓았다.

"아하, 그 천하무적 용병단 말이오?"

"용병단?"

"자신들을 용병단이라고 부르는 자들이 강도 집단과 산적
들을 때려잡으면서 돌아다녔소. 우리는 그들을 천하무적 용
병단이라 부르오. 지금은 에레미츠 산맥 인근에 있는 스타카
지역에서 마을 복구 사업을 펼치고 있다고 들었소."

"스타카라……."

"배를 타고 올라간다면 대략 일주일 정도 걸릴 것이오. 바

람을 잘 만난다면 나흘이면 충분하고."

"그렇구려."

지금까지 마도병단은 서부대륙에서 꽤나 인지도를 쌓은 모양이다.

'피로츠가 부하들을 잘 이끌고 있는 모양이군.'

때가 되면 카미엘은 피로츠에게 군대를 양도하고 정치에 참여할 생각이다.

그가 꿈꿔온 나라를 만들기 위해선 군대에 몸담을 수 없었기 때문이다.

만약 그때가 온다면 피로츠는 지금처럼 유감없이 자신의 재능을 발휘하게 될 것이다.

카미엘은 북쪽으로 향하는 배편을 구하기 위해 부둣가로 향했다.

*　　　*　　　*

산트리아 국경지대 부둣가에는 꽤 많은 사람들이 배를 타고 이곳을 오가는데 대부분 강을 거슬러 올라가는 벌목꾼들이었다.

대륙의 끝자락에는 침엽수림이 우거져 있고 산봉우리에는 만년설이 자리 잡고 있기 때문에 얼음 채취도 가능했다.

나무꾼들은 국가에서 허가한 구역에서 벌목하여 돈을 벌기도 하지만 얼음을 채취하여 운반하면서 거액의 돈을 만진다.

　물론 얼음을 도시까지 운반하는 데 들어가는 마정석의 값이 만만치 않기 때문에 대량 채취는 불가능했다.

　하지만 여름과 겨울이 없는 서부대륙에서 얼음은 귀하디귀한 몸값을 자랑하기 때문에 소량으로도 꽤 짭짤한 부수입이 되었다.

　카미엘은 얼음을 판 돈으로 식량을 구매해서 돌아가는 상선을 얻어 타고 스타카 지역까지 항해하기로 했다.

　타 대륙과는 다르게도 서부대륙에선 운만 좋으면 목적지까지 공짜로 배나 마차를 얻어 탈 수 있었다.

　상선은 자신들이 원하는 만큼의 물량을 싣고 나면 더 이상은 적재를 하지 않기 때문에 사람 한두 명을 태우는 것쯤은 별것 아니라고 생각했다.

　게다가 인심이 후한 이곳 사람들은 평지에서도 객식구를 반기는 풍습이 있었고, 그것은 배 위에서도 이어져졌다.

　때문에 카미엘 일행은 식량 하나 없이 북쪽까지 강을 거슬러 오를 수 있었다.

　카미엘은 선박 위에서 불어오는 시원한 바람을 느끼고 있었다.

휘이이잉!

"차갑군."

바람이 차가워졌다는 것은 이제 곧 북부지대에 도달한다는 뜻이다.

기온 차가 5도밖에 나지 않지만, 그래도 대륙 전체가 따뜻한 이곳에선 금방 그 차이를 느낄 수 있었다.

심지어 일교차도 심하지 않은 하모나드에서 섭씨 5도의 차이는 겨울과 여름의 경계라고 할 수 있었다.

그렇게 수평선을 바라보던 카미엘은 일순간에 강물이 조금 빠르게 요동치는 것을 느낄 수 있었다.

꿀렁꿀렁!

그는 이 이상 현상이 자연적인 것이 아님을 직감했다.

'해적?!'

아니나 다를까, 그의 앞으로 3척의 배가 모습을 드러냈다.

그러자 뱃사람들은 혼비백산하며 뱃머리를 돌리기 시작했다.

땡땡땡땡!

"해적이다! 해적이 나타났다!"

"꺄아아아악!"

"사람 살려!"

오랜 세월을 배에서 보낸 이들이지만 전투에는 거의 소질이 없기 때문에 작은 침공에도 호들갑을 떨었다.

그렇기 때문에 평화가 지속되는 하모나드에서 해적은 그야말로 죽음의 사자와 같았다.

카미엘은 화수와 제이나를 불러 상황을 정리하기로 했다.

"화수."

"예, 사부님."

"어떻게 행동해야 할지 대략 감이 오지?"

"물론입니다."

화수는 선체의 측면으로 걸어가더니 이내 거대한 총을 꺼내 들었다.

철컥!

그는 며칠 전부터 마나로 작동하는 종합중화기를 개발하고 있었는데, 큰 마을을 거치면서 부품을 만들 수 있었다.

철광석을 직접 구매하고 대장간에 제작을 의뢰하니 불과 하루도 지나지 않아 종합중화기의 부품을 구할 수 있었다.

화수는 부품들을 직접 조립하여 대량 학살이 가능한 총을 완성시켰다.

그는 전방에 총을 겨누며 카미엘에게 물었다.

"다 죽입니까?"

일단 그는 화수에게 발포 대기를 지시했다.

"저들도 사람이다. 투항 의사는 물어봐야 할 것 아니냐?"

"예, 알겠습니다."

잠시 후 카미엘은 폐에 마나를 응축시켜 전방으로 소리를 내질렀다.

"항복하라! 그럼 목숨만은 살려주겠다!"

소리의 폭발은 강 전체를 일렁이게 만들었고, 상인들은 그 소리에 놀라 더욱 몸을 움츠렸다.

충분히 전의를 상실하게 만들 수 있는 소리의 폭발이지만 해적들은 물러설 기미를 보이지 않았다.

"크흐흐흐흐! 모조리 털어라!"

"크헤헤헤헤헤헤!"

카미엘은 도저히 말로는 통하지 않을 것을 느꼈다.

"어쩔 수 없군. 다 죽이자고."

"예, 알겠습니다."

전장에서 아군이 아닌 사람은 모두 적군으로 간주하는 것이 옳았다.

철컥!

이윽고 화수는 전방을 향해 마나기관총을 난사하기 시작한다.

두두두두두두두두두!

K-3에 비해 무려 5배나 강력한 파괴력을 가진 마나기관총은 사거리와 관통력 또한 일반 기관총보다 2배 이상 길었다.

마나기관총이 스칠 때마다 해적들은 속수무책으로 죽어나가기 시작했다.

퍽퍽퍽퍽!

"크허억!"

"이, 이런 미친?!"

순식간에 100명이 넘는 해적이 죽어나갔고, 화수는 즉시 무기의 발사 기능을 유탄 발사로 전환시켰다.

철컥!

그리곤 고개를 돌려 제이나와 셜린에게 말했다.

"눈을 감고 있는 것이 좋을 겁니다."

"네?"

화수는 짧은 경고를 마친 후 사정없이 마법유탄을 발사하기 시작했다.

퉁퉁퉁퉁!

쾅쾅쾅!

"포, 폭발이다! 마법사가 출현했다!"

"이런 빌어먹을! 어쩔 수 없지! 육탄전이다!"

"와아아아아아!"

해적들은 화수의 공격을 육탄으로 막아내며 상선으로 배를 붙이려 했다.

하지만 그 시도는 얼마 지나지 않아 실패로 돌아가고 말았다.

카미엘은 자신의 애병인 레이피어를 꺼내 들고 그 검에 마나를 집중시켰다.

우우우우웅!

그리곤 찰나의 순간을 이용하여 극냉의 생명체를 소환하는 마법진을 형성시켰다.

"사이얀!"

고오오오오오오!

마법으로 만들어진 생명체 사이얀은 상온의 바다에 두께 5m의 얼음을 만들어낼 정도로 지독한 냉기를 내뿜었다.

카미엘은 그런 사이얀을 이용하여 배의 진입로를 차단시켜 버렸다.

"이런 호랑말코 같은 자식들, 다시는 해적질을 못하도록 해주마!"

그는 사이얀에게 돌진을 명령했다.

"나의 적들을 집어삼켜라!"

크오오오오오오!

날개가 없는 용, 한마디로 동양의 이무기와 비슷하게 생긴 사이얀은 해적선 사이를 오가며 그들을 얼음 상태로 만들어 버렸다.

꽈드드득!

"사, 사람 살려!"

"끄허어어억!"

도저히 눈을 뜨고 볼 수 없을 정도로 잔인한 사이얀의 학살은 해적 선장 한 사람만이 남을 때까지 계속되었다.

그리고 약 5분 후, 카미엘은 드디어 사이얀의 파괴 행위를 제지했다.

"그만."

크르르릉!

공포에 질려 오줌을 지리고 있는 해적 선장에게 카미엘이 다가가 물었다.

"네놈이 해적 집단의 수장이냐?"

"그, 그렇습니다."

"나머지 해적들은 지금 어디에 있나?"

"부, 북쪽에 있는 다도해 인근에 정박해 있습니다."

"규모는?"

"…지금 죽이신 인원과 비슷합니다."

"그렇군."

질문을 마친 카미엘은 그의 엄지손가락을 잘라 버렸다.

서걱!

"끄아아아아악!"

"지금까지 네가 약탈하며 지은 죗값이다."

"허, 허억! 사, 살려주십시오!"

카미엘은 범죄자들을 어떻게 다루어야 추가 범행이 일어나지 않는지 잘 알고 있었다.

그는 해적 선장의 발가락을 가리키며 말했다.

"내일은 엄지발가락이다. 하루에 하나씩 사지의 한 부분을 잘라서 죗값을 치르게 할 것이다. 알겠나?"

"흑흑, 살려주십시오!"

이번에 그는 해적 선장의 귀를 잘라 버렸다.

푸하아아악!

"끄악, 끄아아아악!"

사방으로 튀어 오른 혈흔. 카미엘은 그런 그를 무표정하게 바라보며 말했다.

"범죄자는 눈물을 흘릴 자격이 없다. 지금까지 너에게 죽어나간 사람들도 대부분 이렇게 살려달라고 빌었겠지. 그렇지 않나?"

"제, 제발……!"

"그래, 목숨은 부지할 수 있다. 하지만 언젠가 네놈의 신체 일부가 하나도 남아 있지 않을 때엔 숨이 끊어지고 말겠지. 나는 네놈을 쉽게 죽이지 않을 것이다."

이윽고 그는 해적 선장을 밧줄로 묶은 후 선실 창고에 처박아 버렸다.

그런 그를 바라보며 제이나는 질렸다는 듯이 말했다.

"여전히 칼 같군요."

"범죄는 그 어떤 것으로도 용서받을 수 없는 행위라네. 당연히 엄하게 다스려야지."

카미엘은 한바탕 해적을 소탕한 후 그 선박을 타고 북쪽으로 향했다.

＊　　　＊　　　＊

해적 선장의 증언에 따라 북쪽 해상 다도해 인근에 도착하니 총 500명의 해적이 진을 치고 있었다.

이렇게까지 대규모의 해적이 몰려다닌다는 것은 타 대륙에서의 생활고가 상당히 극심하다는 얘기였다.

"전쟁으로 인해 대륙 전역이 가난으로 물들었군."

"이게 다 언데드의 짓 아니겠습니까? 그들을 타도하면 끝날 일입니다."

"하지만 그래도 범죄자는 깔끔하게 정리해야 마음이 편하지 않겠어?"

"물론입니다."

화수와 카미엘은 나포한 해적선을 타고 해적들이 몰려 있다는 중앙 섬으로 향했다.

이곳은 해적들이 가지고 온 물품을 타 대륙으로 가지고 가서 재화로 바꾸어 오는 가교 역할을 한다.

그렇기 때문에 부와 환락이 그 어떤 곳보다 난잡하게 엮여 있었다.

카미엘과 화수는 그런 해적 섬에 무차별 학살을 감행했다.

"마르칸!"

크헉! 크헉!

입에서 끊임없이 불을 토해내는 도마뱀 마르칸은 몸통 전체가 마그마로 이뤄져 있다.

마르칸이 내뱉는 불은 닿는 즉시 모든 것을 잿더미로 만들어 버릴 만큼 강력한 위력을 가지고 있었다.

그는 마르칸에게 섬에 있는 모든 해적을 주살할 것을 명령했다.

"포박된 민간인은 죽이지 않는다."

크아아아아아앙!

대략 15m에 달하는 마르칸의 위용은 보는 사람으로 하여금 오금을 저리게 만들었다.

녀석은 섬을 돌아다니며 보이는 모든 것을 태우며 해적들을 학살하기 시작했다.

화르르르르륵!

"요, 용암이다! 용암이 폭발했다!"

"끄아아아아악!"

이곳저곳에서 사람들이 죽어나가고 있었으며, 섬 전체에는 인간의 육신이 타면서 나는 냄새가 진동했다.

마르칸을 피해 도망가던 해적들은 화수의 마나기관총에 의해 목숨을 잃고 말았다.

두두두두두두!

크헉! 크헉!

"저, 저건 또 뭐야?!"

앞에는 불바다가, 뒤에는 기관총을 갈겨대는 화수가 있으니 해적들은 피신하지 못하고 목숨을 잃을 수밖에 없었다.

약 15분 후, 카미엘과 화수는 다도해에 위치한 섬 15개에서 약 600명에 이르는 해적을 소탕했다.

그리고 그들에게 붙잡혀 온 민간인 1,500명을 구출하여 육지로 향하는 중이다.

스타카에서 약 하루거리에 있는 마을에서 붙잡혀 온 사람들은 연신 카미엘에게 감사의 인사를 전했다.

"아이고, 감사합니다! 이 은혜를 도대체 어떻게 갚아야 할지 모르겠습니다!"

"아니오. 그저 할 일을 했을 뿐이외다."

"그래도 감사합니다! 아마 장군님이 아니었다면 우리는 지금쯤 모두 다 죽은 목숨이었을 겁니다!"

카미엘은 연신 고개를 조아리는 사람들을 일으킨 후 마도 병단에 대해 수소문했다.

"나와 비슷한 토벌 행위나 재건 사업을 하는 군대가 있다고 들었소."

"천하무적 용병단 말입니까?"

"그래, 그들 말이오. 지금 그들은 어디에 있소?"

"스타카 남부에 있습니다. 최근에 잡혀온 인질에 의하면 해적 토벌을 위해 원정을 준비하는 중이었다고 합니다. 아마 지금쯤이면 차비를 거의 다 마쳤을지도 모르겠군요."

"흠……."

잘못하면 동선이 꼬일 수도 있기 때문에 카미엘은 이쯤에서 인질들을 돌려보내기로 했다.

"우리는 이만 스타카로 가야겠소. 그대들은 곧장 집으로 돌아가시오."

"예, 알겠습니다. 감사합니다."

"별말씀을."

이윽고 카미엘 일행은 곧장 스타카 남부로 향했다.

*   *   *

하모나드 대륙에서도 가장 많은 공격을 받은 스타카 지역은 3년이 지난 지금도 복구공사가 계속되고 있었다.

삶을 터전 자체가 무너져 내린 이곳에선 먹을 것 하나를 찾아볼 수 없었기 때문이다.

그런 그들을 보살피고 재건을 돕는 세력이 있었으니 그들이 바로 천하무적 용병단이었다.

스타카 지역 어디를 가도 천하무적 용병단에 대한 칭송이 이어지고 있었고, 그들은 정부를 대신해 백성들을 보살피고 있었다.

카미엘은 그들이 머물고 있다는 스타카 지역 관리청을 찾아갔다.

이 지역에선 영웅 대접을 받는 그들이기 때문에 숙소 역시 정부에서 제공해 주고 있었다.

그는 백색 백돌로 지어 올린 스타카 관리청 정문을 지키고 있는 병사에게 마도병단에 대해 물었다.

"이곳에 천하무적 용병단이 주둔하고 있다고 들었소."

"그렇소만?"

"혹시 피란츠라는 지휘관에게 이 물건을 전해주실 수 있겠소?"

카미엘이 자신의 인장이 박힌 단검을 건네자 병사는 이내 고개를 끄덕였다.

"뭐라고 전하면 되겠소?"

"옛 동료가 찾아왔다고 전해주면 될 것이오."

"알겠소."

이내 병사가 관리청 안으로 들어가자 카미엘과 화수는 잠시 관리청의 풍경을 감상했다.

관리청 인근에는 넓은 정원이 조성되어 있었는데, 그 주변으로 아이들이 흙을 가지고 장난을 치고 있었다.

그리고 정원 이곳저곳에 설치된 동물 우리에는 양과 소가 가득하여 구경거리를 제공했다.

"이대로 시간이 흐른다면 분명 다시 태평성대가 찾아오겠군."

"하지만 해적이나 산적의 횡포가 점점 더 심해진다고 들었습니다. 뭔가 조치를 취해야 하지 않겠습니까?"

카미엘은 고개를 끄덕였다.

"그래, 하지만 나는 이곳의 영주가 아니니 통치에 나설 수는 없지 않은가?"

"그건 그렇습니다만……."

"언젠가 기회가 된다면 이곳의 정상을 만나 슬쩍 언질을 넣어보겠네."

아주 오래전에는 대륙 간 정복전쟁이 벌어진 적도 그로 인해 꽤 많은 사람이 죽었다.

카미엘은 다신 전쟁이 일어나지 않도록 이곳과 화친을 맺

어볼 생각이다.

잠시 후, 깔끔한 군복을 입은 피로츠가 부하들과 함께 카미엘의 앞에 모습을 드러냈다.

"자, 장군!"

"오랜만이군."

그의 얼굴을 확인한 피로츠는 당장 부하들과 함께 그의 앞에 부복했다.

촤라라락!

"장군을 뵙습니다!"

"장군!"

"모두들 일어나게."

대략 50명의 무장들은 감격에 겨운 표정을 지었다.

"저, 정말 장군께서 살아 돌아오시다니……!"

"하늘이 정해준 운명이 아직 남았나 보네. 잘 지냈는가?"

"예, 장군!"

무장들은 예전보다 훨씬 활발해진 모습이었고, 그들의 얼굴에선 인간성까지 찾아볼 수 있었다.

한마디로 그들은 이제 감정이라는 것을 갖게 된 것이다.

카미엘은 피로츠에게 무장들의 상태에 대해 물었다.

"어떻게 된 것인가? 이제 뇌가 마나코어의 지배를 받지 않는 건가?"

"아닙니다. 일부 극복해 낸 것이지요."

"극복이라……."

"병사들은 여전히 감정이 없습니다. 그저 명령에 따르고 있을 뿐이지요."

"그렇군."

그는 병사들을 만나야겠다고 생각했다.

"마도병단을 모아주게. 내가 긴히 할 말이 있어."

"예, 알겠습니다!"

피로츠는 카미엘의 명령에 따라 병사들을 한곳에 집결시켰다.

✳   ✳   ✳

3만 마도병단은 3년이 지난 지금도 여전히 전술훈련과 신체 단련을 계속하고 있었으며, 그 실력은 나날이 일취월장하고 있었다.

카미엘은 단상 위에 서서 칼 같이 맞춰진 마도병단의 도열을 바라보았다.

'군기는 여전하군.'

이들은 그가 심혈을 기울여 만들어낸 병사들이니만큼 애정도 남달랐다.

그는 자신의 병사들에게 외쳤다.

"나는 다시 돌아왔다! 그리고 그대들을 인간답게 살 수 있게 해줄 것이다!"

"……?"

병사들은 카미엘의 연설을 알아들을 수 없다는 듯 고개를 갸웃거렸다.

카미엘은 그런 그들에게 자신이 행하게 될 수술에 대해 설명했다.

"우리는 심장에 마나코어를 달았다. 그 때문에 감정은 물론이고 고통도, 쾌락도 느낄 수 없었지. 하지만 이제는 다르다. 나는 뇌에 마나코어를 삽입하여 감정을 제어하는 방법을 찾아냈다. 이제 그대들은 평범한 사람처럼 감정을 제어할 수 있게 될 것이다."

"……."

감정이 메말라 버린 그들에겐 카미엘의 이 계획이 무슨 소용이 있겠나 싶겠지만 정신을 차린 무관들에겐 꽤나 중요한 일이었다.

그는 억지로라도 마도병단에게 감정을 선물하기로 했다.

"지금부터 너희들은 나와 제자에게 수술을 받을 것이다. 수술은 간단하다. 코를 통해 마나코어를 주입시킨 후 그것이 생착이 되기를 기다리는 것이다. 부작용은 없다. 다만 감정이 생기는 동안 무기력해질 뿐이다."

도대체 카미엘이 왜 저런 소리를 하는 것인지 이해할 수 없는 마도병단은 그냥 명령에 따르기로 한다.

"수술을 받겠나?"

"예, 장군!"

"좋다, 그렇다면 지금부터 자신의 앞에 선 무장들에게 다가가 시술을 받도록."

"예!"

카미엘은 열네 줄로 된 병사들의 코에 마나코어 주입기를 삽입하기 시작했다.

화수가 개발한 마나코어 주입기는 마나코어를 삽입시키는 한편, 그것이 생착할 수 있도록 마력을 전달하는 역할을 한다.

특별한 부작용은 없으며 생착 확률은 100%에 달한다.

대략 일주일가량 걸릴 예정인 이 작업은 마도병단의 인생을 바꾸어놓게 될 것이다.

일주일 후, 마도병단 모두의 머리에 마나코어가 심어졌다.

그리고 이제는 사라진 감정을 되찾아 희로애락을 느낄 수 있게 되었다.

병사들은 이런 방법을 고안해 낸 카미엘과 화수에게 무한한 감사의 인사를 전했다.

이제부터 그들은 원래의 성격대로, 각자의 개성대로 인생을 살아갈 수 있게 되었다.

카미엘은 그런 병사들 틈에서 셜린의 아버지를 찾아주기로 했다.

그는 기억력이 예전보다 오히려 증대된 병사들에게 엔과 셜린 모녀를 데리고 가서 얼굴을 아는 사람이 있는지 물었다.

병사들은 그녀를 정확하게 기억하고 있었고, 아이의 아버지라는 사람이 나타났다.

그는 천인대장 클락스로 돌격대의 선봉에 서서 적들을 압사시키던 맹장이었다.

클락스는 자신을 닮은 셜린을 바라보며 눈물을 삼켰다.

"아이의 눈동자가……."

"파란색이지. 아마도 자네와 비슷한 인생을 살게 될 거야."

"그, 그럴 수가……!"

"하지만 일단 감정이 자리를 잡고 있으니 아주 메마른 인생이 되지는 않겠지. 그러나 앞으로 살아가면서 자신이 남들과 다르다는 것을 느끼게 될 테니 그 점에선 안타깝다고 할 수 있겠군."

"…아무튼 감사합니다. 하마터면 제가 딸의 얼굴도 모르고 살 뻔했습니다."

"아닐세."

클락스는 엔을 아내로 맞이하고 셜린과 함께 가정을 꾸리기로 했다.

병사들은 앞으로 나흘 후에 중앙대륙으로 돌아가는 배 안에서 두 사람의 결혼식을 올려줄 예정이다.

＊　　　＊　　　＊

카미엘이 본대를 만난 후, 그는 아주 흥미로운 얘기를 전해 들었다.

마도병단이 지도자를 잃고 방황하던 때, 그들을 이끌어주던 현자가 있었다.

그는 마족이 대지를 공격해 올 것을 이미 예견하고 있었으며, 앞으로 마도병단이 어떻게 행동해야 할지도 일러주었던 것이다.

피로츠는 현자를 따라서 군대를 움직이고 대륙에서 마족을 몰아내는 데 성공했다.

비록 사람들은 피로츠와 마도병단이 마족을 물리쳤다는 사실을 모르고 있었지만 그들은 크게 개의치 않았다.

현자는 이제 곧 또 다른 여정이 시작될 것이라는 사실을 알려주었던 것이었다.

카미엘은 그 현자라는 사람을 찾아가기 위해 마을에서 약한 시간가량 떨어진 설산으로 향했다.

휘이이이이잉!

설산에는 칼바람을 타고 눈보라가 흩날리고 있었고, 그로 인해 한 치 앞도 분간할 수 없었다.

카미엘은 자신을 따르는 무장들에게 물었다.

"…취향 참 특이한 사람이군. 도대체 왜 이런 오지에 자리를 편 것일까?"

"현자님께선 사람과의 접촉을 극도로 꺼리십니다. 저희들이 대륙을 이동하던 때에도 함께 배를 타고 이동하지 않으셨지요."

"배를 타고 이동하지 않았다?"

사람이 배를 타고 이동하지 않았다니 말도 안 되는 일이다.

대륙간의 행단은 잘못하면 사람이 굶어 죽을 수도 있는 대장정이다.

그런 거리를 배를 타고 이동하지 않았다는 것은 있을 수 없는 일이었다.

'마법? 아니면 비행기?'

들으면 들을수록 신기한 구석이 많은 사람이었다.

이윽고 카미엘 일행은 현자가 살고 있다는 동굴 앞에 멈추어 섰다.

직경이 무려 3km는 될 법한 거대한 동굴은 도저히 자연스럽게 만들어졌다고는 볼 수 없을 정도의 위용을 자랑했다.

피로츠는 그런 동굴 앞에 서서 무작정 크게 소리쳤다.

"현자님, 카미엘 장군을 데리고 왔습니다!"

그의 목소리가 동굴 깊숙한 곳까지 메아리치고 난 후 얼마 지나지 않아 산 전체가 흔들리기 시작했다.

쿠그그그그그그그그!

순간, 카미엘은 이 진동을 일으킨 존재가 동굴 안에서 꿈틀거리고 있다는 사실을 깨달았다.

"이, 이 정도의 마력이라면……!"

도저히 인간의 마력이라곤 상상조차 할 수 없는 강력한 기운이 동굴에서 뿜어져 나왔다.

그리고 잠시 후 드디어 그 존재가 모습을 드러낸다.

동굴 안에서 천천히 걸어 나온 사람은 흰색 로브에 긴 적발을 가진 노인이었다.

피로츠와 무장들은 그를 보자마자 깊이 고개를 숙였다.

"현자님, 저희들이 왔습니다."

"그래, 자네들이군."

이윽고 그는 카미엘을 바라보며 슬그머니 미소를 지었다.

"용케도 여기까지 살아서 왔군. 역시 예상대로야."

"무슨 말씀이십니까?"

그는 카미엘과 일행을 안으로 안내했다.

"얘기가 길다네. 이곳에서 할 얘기는 아니지. 안으로 들어오겠나?"

"청하신다면 마다하지 않겠습니다."

카미엘은 그를 따라서 동굴 안쪽으로 걸음을 옮겼다.

9장

드래곤을 만나다

　자신을 아나베르스라고 소개한 그는 본인이 어디에서 온 사람인지 설명했다.

　그는 자신의 종족이 천족과 마족의 절반씩을 이어받은 존재라고 말했다.

　카미엘은 고대 서적에나 나오던 그 존재에 대한 지식을 상기시켰다.

　"드래곤……."

　"그렇다네. 나는 드래곤의 수장, 드래곤 로드일세."

　아나베르스는 자신의 존재를 굳이 감추지 않았고, 그 기운은 인간은 도저히 가질 수 없는 것이었다.

지금까지 그는 아무런 증거를 대지 않았지만 카미엘은 그의 정체에 대해 전혀 의심하지 않았다.

그의 몸에서 뿜어져 나오는 기운은 마족의 것과는 근본적으로 다른 것이기 때문이었다.

아나베르스는 자신이 어째서 방랑군이던 마도병단을 이끌고 다녔는지에 대해 설명했다.

"지금부터 약 2만 5천 년 전, 이 세상, 루야나드에 새 생명이 태어나던 시절에 마족과 천족이 처음 지상에 내려왔다네. 그리고 그들은 자신들의 힘을 절반씩 나누어 우리 드래곤을 창조했지. 지상은 천상과 지하의 중간계로 절대로 붕괴가 일어나면 안 된다는 명목하에 새로운 종족을 창조한 것이지. 우리는 중간계의 조율자로서 이 세상에 태어난 것이네."

"그렇다면 어째서 마족이 침공했을 때 모습을 드러내지 않은 겁니까?"

그는 카미엘에게 수정구를 건네며 말했다.

"우리는 이 수정구를 통하여 마족이 침략할 것을 예견하고 있었네. 그래서 지하 세계에서부터 전투를 시작했지. 그러나 그들의 파상공세는 생각보다 강력해서 도저히 모두 다 막아낼 수 없었다네. 그 결과 지상에 마족들의 군대가 창궐하게 된 걸세."

"흐음."

"지금 우리 종족은 인간들이 되찾은 평화 뒤에 숨어서 휴식을 취하고 있다네. 하지만 그것은 우리가 목숨을 바쳐 얻어낸 평화이기도 하지."

아나베르스는 당시 죽어나간 드래곤들의 처참한 광경을 수정구 안에 재현해 냈다.

우우우우웅!

마력과 용언으로 이뤄진 수정구 안의 영상은 끔찍하고도 참혹하기 그지없었다.

지상에 존재하는 고대 생명체 중 가장 강력하고 거대하다고 알려진 드래곤은 자신들의 내장이 뜯겨 나가는 줄도 모르고 전투를 벌였다.

그 결과 드래곤의 시신은 도저히 눈을 뜨고 볼 수 없을 정도로 처참하게 훼손되어 있었다.

"처음에 우리가 지하로 내려갔을 때엔 약 6천의 군세를 이루고 있었다네. 각 지방에 있던 드래곤은 물론이고 천상계와 지하 세계에 머물고 있던 하프 드래곤들까지 전부 다 끌어 모은 것이지. 중간계는 그만큼 중요한 차원이었던 거야."

"그렇군요."

"그 전쟁으로 인하여 우리 종족은 거의 멸종을 맞이할 뻔했네. 지금은 나이가 많은 장로 다섯 명과 젊은 드래곤 150만이 생존해 있지. 그밖에 하프 드래곤은 아예 생존하지도 못했다네. 한마디로 우리는 종족 번영의 기반을 아예 잃어버린 거야."

카미엘은 드래곤이 얼마나 큰 것을 희생하여 중간계를 수호한 것인지 알 수 있었다.

"그나마 다행인 것은 자네가 남겨두었던 마도병단이 마족과의 전쟁에서 혁혁한 공을 세웠다는 것이네. 3만의 병사들은 일당백의 기세로 마족들을 쓸어버렸지. 물론 지상으로 올라오면서 그 세력이 9할은 죽은 놈들이었지만 그것만으로도 참 대단한 일이었어."

당시 카미엘의 군대는 무려 1,500만이 넘는 군대와 싸워 중앙대륙을 지켜냈다.

그리고 비슷한 규모의 군대를 차례대로 각개격파하면서 루야나드 전체를 수호했던 것이다.

그는 자신의 수정구를 카미엘에게 건넨다.

"이것으로 자네가 지키고자 하는 차원의 모습을 볼 수 있네. 아마도 그들은 마족군의 전신을 맞아 고전하고 있겠지. 그렇지 않은가?"

"그렇지요."

"그 모습을 직접 확인하고 자네가 나아가야 할 길이 무엇인지 생각해 보게."

아나베르스에게서 수정구를 건네받은 카미엘은 슬며시 눈을 감고 정신을 집중시켰다.

*   *   *

대한민국령 끝자락에 위치한 레나강 인근.

이곳에는 무려 1억의 마족군을 막아내고 있는 연합군의 전선이 버티고 있었다.

그들은 하루에도 수천만의 언데드를 상대하느라 심신이 모두 피폐해진 상태였다.

그나마 인류 최후의 보루로 여겨진 이곳을 지키겠다는 집념이 없었다면 진즉 포기하고 백기를 들었을 것이다.

샤넬리아는 후방에 세운 병참기지를 24시간 풀가동시켜 탄약과 무기를 생산하고 있었고, 살아남은 국민은 남녀노소할 것 없이 모두 생산에 참여했다.

그녀는 화수를 대신하여 국방부 장관직을 물려받았으며 연합군의 수장으로 추대되었다.

레나강 하류에 위치한 남부전선.

샤넬리아는 전차부대를 이곳에 급파시키며 부대 시찰을 시행했다.

병사들은 새로운 경례 구호인 '화합'을 외치며 그녀를 맞이했다.

"화합!"

"화합."

이곳에 주둔하고 있는 병력은 총 10만. 10만의 병력으로 하루에 1,000만이 넘는 병력을 막아내야 한다.

하지만 병사들의 얼굴에는 여전히 결연한 의지가 불타오르고 있었다.

그녀는 이곳의 참모총장인 테일러 위스프슨에게 전황에 대해 물었다.

"상황은 어떤가?"

"여전히 놈들이 밀고 들어오고 있습니다."

"얼마나 더 버틸 수 있겠나?"

"무기만 주신다면 일주일이고 한 달이고 버틸 수 있을 때까지 버텨보겠습니다."

"나는 그 한계를 묻는 것일세."

샤넬리아의 직언에 테일러 대장은 고개를 낮추었다.

"…한 달 이상은 어렵습니다."

"그렇군."

지금 이곳의 상황은 그나마 나은 편이다. 구 중국령 북서부 지역에는 하루에 5천만이 넘는 마족군이 파상 공세를 펼치고 있었다.

그럼에도 불구하고 그곳의 병력은 고작 10만이다.

'한 달 이하가 되겠군.'

샤넬리아는 언제 화수가 돌아올지 알 수 없는 상태에서 자신이 버틸 수 있는 최대한의 기한을 계산해 보았다.

그 결과 최장 3주라는 결론이 도출되었다.

이제부터는 모든 결과를 신에게 맡기는 수밖에 없었다.

'되도록 빨리 돌아왔으면 좋겠는데……'

처음으로 신에게 자신과 인류의 가호를 빌어보는 샤넬리아이다.

*   *   *

수정구에 손을 대고 있던 카미엘은 샤넬리아의 독백을 마지막으로 손을 뗐다.

"허, 허억!"

"어떤가? 상황이 좀 괜찮은가?"

"…아닙니다."

"그렇군."

카미엘은 이곳에서 블랙홀을 넘어 반대편 세상으로 갈 수 있는 방법에 대해 물었다.

"제가 이곳으로 돌아온 것과 같은 방법으로 마도병단을 데리고 갈 수 있겠습니까?"

그는 카미엘의 질문에 고개를 가로저었다.

"불가능하네. 이들은 자네처럼 살아 있는 이들이네. 죽은 사람이 아니고선 아공간을 빠져나갈 수 없어."

"…방법이 없겠습니까?"

"아주 방법이 없는 것은 아니네."

아나베르스가 수정구에 손을 얹자 아직도 남아 있는 마족 군 진영이 보였다.

"이곳은 지금 루야나드의 지하에 있는 마족의 영토라네. 마왕이 떠나고 난 후 언데드의 생산이 멈추었지. 지금이라면 이들을 쓸어버릴 수 있을 걸세."

"그럼 지구로 돌아갈 수 있습니까?"

"그곳으로 돌아갈 수 있는 매개체를 얻게 되는 셈이지."

그는 카미엘에게 수정구 중앙에 비춰지는 곳을 가리키며 말했다.

"저것이 바로 마계의 심장일세. 마계는 하나의 큰 유기체로 구성되어 있기 때문에 심장을 제거하면 금방 붕괴된다네. 그 렇게 되면 마족들이 자리 잡을 수 있는 곳은 그 어디에도 남아 있지 않게 되는 것이지. 그런데 이 심장을 이용하면 아공간을 넘나들 수 있는 능력을 얻게 된다네. 극음의 기운을 자네가 갖는다면 마왕과 비슷한 일부분을 얻게 되는 셈이지."

"흐음……."

"하지만 딱 두 번의 기회가 있을 뿐이야. 실패한다면 자네들은 다신 루야나드로 돌아올 수 없어."

카미엘은 그에게서 희망적인 얘기를 들었고, 마도병단을 이끌고 마족과의 전투를 준비하기로 했다.

"제가 지하로 가겠습니다."

"좋아, 그렇다면 우리 종족도 자네를 돕겠네."

"감사합니다."

본격적으로 카미엘의 군대와 드래곤 일족은 연합하여 군대를 구성하기로 했다.

*　　　*　　　*

마족과의 전쟁에서 살아남은 드래곤들은 마계의 입구로 불리는 타르탄 화산 앞으로 모여들었다.

마계로 들어가는 길목은 용암굴 깊숙한 곳에서부터 마그마가 최대로 쏟아져 나올 때 열린다.

때문에 적당한 타이밍을 맞춰야만 마계로 들어갈 수 있었다.

드래곤들과 마도병단은 앞으로 약 열세 시간가량 이곳에서 대기하고 있다가 행동을 시작해야 한다.

그동안 카미엘과 드래곤들은 얘기를 교환하며 시간을 보내고 있었다.

드래곤 로드와 거의 연배가 같은 레드 드래곤 라멜린은 자신의 소멸에 대한 고찰로 하루하루를 보낸다고 했다.

"열 번의 천 년이 지나고 나니 과연 삶이란 무엇인가에 대한 고찰이 끝도 없이 밀려들더군. 그런데 이번 전쟁으로 인해 죽어나간 동료들을 보면서 그 고찰이 터무니없는 망상에 불과했다는 것을 느꼈다네."

"망상이라… 그럴 수도 있겠군요."

"죽음에 대해선 고찰해 봐야 아무런 소용이 없어. 그것에 대해 고찰한다는 것 자체가 어불성설이지."

카미엘은 그에게 죽음에 대한 이론을 하나 꺼내놓았다.

"제가 블랙홀을 빠져나올 때 저는 어쩌면 죽음에 대한 답을 보았는지도 모릅니다."

"죽음에 대한 답?"

"블랙홀에는 두 가지 공간이 있습니다. 한쪽은 현생으로 흐르는 물질계의 흰색 영역, 그리고 나머지는 죽음으로 가는 무의 공간이지요. 그곳에는 지금까지 블랙홀이 빨아들인 엄청난 양의 부산물이 떠다닙니다. 또한 그 안에는 죽음의 에너지가 가득하지요."

라멜린은 거대한 눈을 반짝이며 카미엘의 말을 경청했다.

아무래도 죽음을 경험하지 못한 그에게 있어 블랙홀에 대한 얘기는 흥미진진한 모양이다.

결국 그는 단 1초도 참지 못하고 카미엘을 닦달했다.

"그래서? 결국엔 그 안에서 무슨 일이 벌어졌나?"

"결국 저는 흰색 물질계로 빨려들어 이곳에 왔고 친구 레비로스는 죽음의 공간으로 떨어졌습니다."

"그럼 그는 죽은 건가?"

"글쎄요, 그에 대해선 알 수가 없습니다. 다만 블랙홀 안에선 시간과 공간이 멈추어 있으니 잘하면 그곳에서 살아남았을 수도 있겠지요."

"시공간이 멈춘 곳이라… 살아도 산 것이 아니겠군."

"그래서 저는 이번 여행을 꼭 하고 싶은 겁니다. 지구를 살리는 것도 중요하지만 죄 없는 레비로스가 죽는 것도 무척이나 안타깝거든요."

"으음."

라멜린은 특유의 붉은 눈동자를 들어 하늘을 올려다보았다.

"드래곤에겐 전설처럼 내려져 오는 얘기가 있다네."

"전설이요?"

그는 거대한 손가락으로 별자리를 가리키며 말했다.

"드래곤이 죽으면 저 하늘의 별이 된다고 하더군. 물론 나는 그 말을 믿지 않았지만 자네의 얘기를 듣고 보니 아주 틀린 말은 아닌 것 같아."

"어찌 보면 그렇지요. 그들은 아직도 블랙홀에 들어가 숨을 쉬고 있을지도 모르니까요."

두 사람이 한창 수다를 떨고 있는데 화이트 드래곤 카시네스가 다가왔다.

"무슨 얘기를 그렇게 재미있게 하는가?"

"죽음에 대한 얘기를 나누고 있었네. 이 친구가 블랙홀이라는 아공간에 다녀왔다고 하는군."

순간 카시네스가 레몬색 눈동자를 번쩍 뜨며 물었다.

"아, 아공간? 그곳은 차원의 틈이 아닌가?"

"예, 그렇습니다. 마법사들의 이론은 틀리지 않았던 것이지요."

"오오! 그곳을 한 번이라도 볼 수 있다면……."

"이번 여행에 함께 가시겠습니까?"

"그, 그래도 되겠나?"

"로드께서 허락하신다면이요."

카시네스가 그 즉시 드래곤 로드를 바라보자 그는 금빛 눈동자를 이리저리 굴리며 딴청을 피웠다.

"크, 크흠! 잘못하면 블랙홀에 갇혀 나오지 못할 수도 있고……."

"그런 건 상관없습니다. 어차피 살 만큼 살았는데 뭐가 무섭겠습니까? 차라리 이 한목숨 바쳐서 신세계를 볼 수만 있다면 그리하겠습니다."

그의 간청에 아나베르스는 어쩔 수 없이 고개를 끄덕였다.

"자네가 그렇다면야……."

"아하하! 그럴 줄 알았습니다! 역시 로드는 앞뒤가 꽉 막힌 사람이 아니란 말이지!"

"하지만 조건이 하나 있네."

"말씀하시지요."

"그곳으로 돌아가는 데 들어갈 마나를 함께 충당해 주게나. 물론 돌아올 때도 마찬가지일세."

"물론이지요, 걱정하지 마십시오."

아나베르스는 드래곤이라는 절대적 생명체가 차원을 넘어 생활하다가 뭔가 문제를 일으키지는 않을까 노심초사하고 있었던 것이다.

하지만 지성의 완전체라고 불리는 드래곤이 그런 망나니 같은 짓을 일으킬 리가 없었다.

그러나 그의 선택은 모든 드래곤을 선동하는 사태를 일으키고 말았다.

"로드, 저희들도 보내주십시오!"

"뭐, 뭐라?"

"비록 웜급에 불과합니다만, 그래도 마력을 보태겠습니다!"

"그, 그건……."

"허락해 주십시오!"

에이션트 드래곤은 1만 년 이상을 산 고룡을 뜻하는 것으로, 그 이하로 5천 년 이상의 웜급과 3천 년 이상의 하이브급이 존재한다.

그 이하론 성룡이 되지 못한 새끼들, 즉 헤츨링으로 취급된다.

한마디로 성룡이라고 불리려면 3천 년 이상을 살아야 한다는 것인데, 아무리 불멸의 존재인 드래곤이라곤 해도 결코 만만한 세월이 아니다.

그런 그들에게 죽음을 경험하고 신세계를 본다는 것은 신선한 자극이자 간절한 소원 같은 것이다.

155명의 드래곤은 나이 고하를 막론하고 이곳을 떠나 여행하기를 희망했다.

아나베르스는 어쩔 수 없이 그들의 여행을 허가할 수밖에 없었다.

한 번 결론을 내린 사안은 절대로 뒤엎을 수 없다는 것이 로드의 철칙이었기 때문이다.

또한 로드는 공명정대해야 하기 때문에 한 사람만을 편파

적으로 대한다는 것은 있을 수 없는 일이었다.

그러니 이들을 보내줄 수밖에 없었다.

"좋네. 하지만 일이 끝나면 곧장 이곳으로 돌아와야 하네."

"물론입니다."

"용언에 맹세하게."

"맹세합니다."

드래곤의 맹세는 심장을 거는 것으로 만약 이를 어길 시엔 심장이 용언을 내뱉으면서 소멸하게 된다.

이로써 카미엘은 뜻하지 않게 155명의 드래곤 부대를 얻었다.

'뜻하지 않게 대어를 낚았군.'

잔뜩 고무된 드래곤들의 얼굴. 과연 그들이 지구라는 행성을 보곤 어떤 표정을 지을지 참으로 궁금해지는 카미엘이다.

*　　　*　　　*

타르탄 화산 입구.

드래곤들은 마도병기를 비늘 안에 숨긴 채 마그마 아래로 내려가기 시작했다.

쿠그그그그그그!

용언과 마나가 마그마를 녹이며 생기는 검푸른 연기가 화산을 뒤덮으며 검은 구름을 만들어냈다.

드래곤은 자신의 심장을 구성하는 용언과 신체를 구성하는 마나를 이용하여 마그마를 이겨내고 드디어 마계에 안착할 수 있었다.

"쿨럭쿨럭!"

"괜찮으십니까?"

블랙드래곤 타르엘은 거대하고 거무튀튀한 손을 좌우로 내저었다.

"괘, 괜찮네. 신경 쓸 필요 없어."

"하지만 기침이 나는데……."

"괜찮아."

드래곤들은 자존심이 무척 센 존재이기도 하지만 절대 화를 내는 법이 없었다.

또한 상당히 겸손하고 매너가 좋으며 괴짜 기질이 다분했다.

뭇 현자들이 그러하듯 그들은 지성이 몸을 지배하면서 생겨난 점잖음이 습관처럼 배어 있었다.

하지만 너무 오랜 세월을 살아오다 보니 여흥거리를 위해 괴짜가 되는 것은 어쩔 수 없는 일이었다.

"클클, 그나저나 이 마그마로 고기를 구우면 어떤 맛일까?"

"…못 먹을 텐데요."

"으음, 그런가?"

가끔은 말도 안 되는 상상을 해서 과연 5천 년 이상 산 존재가 맞는지 의구심이 들기도 했다.

그러나 그들은 분명 세상에서 가장 자비롭고 친절한 존재이다.

"아참, 자네 친구가 어디로 갔는지 궁금하다고 했나?"

"예, 그렇습니다."

타르엘은 자신의 비늘을 하나 뚝 떼어내더니 그것을 카미엘에게 건넸다.

"혹시 친구의 흔적이 남아 있다면 이곳에 묻혀보게. 어둠의 정령들이 그를 찾아줄 것일세."

"저, 정말입니까?!"

"허허, 이 친구 좀 보게. 평생 속고만 살았나? 정말로 가능하니 한번 해보게. 이곳은 마계의 입구이니 어둠의 정령을 부르기엔 안성맞춤이야. 이곳이 아니라면 결코 그를 찾을 수 없을 걸세."

"감사합니다!"

이윽고 카미엘은 잠시 부대를 재정비하는 틈을 이용해 타르엘이 알려준 방법으로 레비로스를 쫓기 시작했다.

우우우웅!

타르엘의 용언과 화수의 마나가 섞이면서 생겨난 증기는 이곳에 가득한 어둠의 기운을 뭉텅이로 응축시켰다.

그리고 그 뭉텅이는 화수와 타르엘의 앞에 인간의 형상으로 모습을 드러냈다.

─오랜만이군, 미친 드래곤.

"클클, 한 5천 년 되었나? 너를 부르지 않은 지가 그 정도 된 것 같아."

─죽은 줄 알았더니…….

"미친 정령 같으니, 이 몸이 죽긴 왜 죽나?"

그는 카미엘에게 레비로스의 흔적을 비늘에 담을 것을 조언했다.

"지금일세. 이놈에게 그를 찾아달라고 부탁하게."

"예, 알겠습니다."

카미엘은 자신의 심장을 감싸고 있는 마왕의 흔적을 정령에게 주었고, 그는 그것을 가지고 레비로스의 흔적을 쫓기 시작한다.

그리고 잠시 후 그는 눈을 떴다.

─그는 물질계에 존재하지 않는다.

"…죽은 건가?"

─아니다. 그렇지는 않다.

"사, 살아 있다는 건가?"

—그렇다고 볼 수도 있고 그렇지 않다고 볼 수도 있다. 그는 지금 과거의 루야나드로 떨어져 내렸거든.

"허, 허어! 그게 가능한 것인가?"

—물질계에 존재하지 않는 사람이 아공간을 통과하자면 시간을 역행하는 수밖에 없다. 그 과정에서 몸이 재구성된 것이지.

"그, 그런 일이……?"

—아무튼 나는 할 일을 다 했다. 그럼.

이윽고 그는 자취를 감추어 버렸고, 타르엘은 특유의 검은 이를 드러내며 웃었다.

"클클, 어때? 정말 볼 수 있지?"

"그, 그러게 말입니다."

"그나저나 나도 그 블랙홀이라는 곳에 어서 가보고 싶군. 이계의 틈이 과연 어떻게 생겼는지 궁금해 미칠 지경이야."

"이제 곧 갈 수 있을 겁니다. 저희들이 꼭 그렇게 만들 것이고요."

"클클, 물론이지."

두 사람이 레비로스를 찾아내는 동안 마도병단은 이미 진군 준비를 마쳤다.

피로츠가 카미엘에게 명령 하달을 부탁했다.

"장군, 준비가 모두 끝났습니다. 명령을 내려주시지요."

"좋아, 그럼 진군을 시작하도록 하지."

"예, 장군!"

인간이 진군을 시작하자 드래곤들은 그 뒤를 따라 천천히 움직였다.

*　　　*　　　*

마왕이 떠나고 난 마계의 모습은 황폐하기 그지없었다.

그저 하급 마물에 불과한 애벌레와 소형 익룡만이 가득했고, 그나마 가장 강력한 마물이라고 해봐야 바실리스크가 전부였다.

드래곤들은 브레스로 익룡들을 단박에 정리해 버렸다.

우-우-우-우-웅!

─크아아아아앙!

형형색색의 용언 덩어리들은 마계를 스치고 지나가면서 마물들을 흔적도 없이 지워 버렸다.

카미엘을 비롯한 마도병단은 그들의 절대적 마력에 감탄을 금치 못했다.

"대단한 존재들이군. 잘못하면 시신도 찾지 못하겠어."

"괜히 중간계 최강의 존재로 불리는 것이 아닌 모양입니다."

감탄도 잠시, 이제 인간들이 애벌레를 비롯한 마물들을 쓸어버리기 위해 전투를 시작했다.

챙!

"전군, 돌격 준비!"

"충!"

"돌격!"

"와아아아아아!"

마도군마를 탄 카미엘과 그의 부하들은 쐐기 진영으로 돌격하여 몬스터 군단을 일격에 제압해 버렸다.

"죽어라!"

퍼억!

"끄웨에에에엑!"

녹색 혈흔이 채 마르기도 전에 다음 마물들이 죽어나가기 시작했고, 아무래도 그들은 이 전쟁에서 이길 수 없다고 단정 지은 모양이었다.

마물들은 이내 하나둘 도망을 치기 시작했고, 카미엘과 드래곤은 그들을 굳이 쫓지 않고 다음 목적지를 향해 발걸음을 옮겼다.

하지만 마계의 한 구역을 넘어갈 때마다 그들의 앞을 가로막는 몬스터들의 위력은 점점 더 대단해져 갔다.

처음에는 애벌레와 익룡으로 시작한 몬스터들의 향연은

서서히 고대의 생물까지 레벨이 올라갔다.

─후우우우욱!

"발라커스?!"

불을 내뿜는 지옥의 광전사 발라커스들은 5m에 달하는 육중한 몸을 이용하여 마도병단을 압박했다.

하지만 그들은 이미 죽음에 대한 공포를 이겨낸 지 오래였다.

"놈들의 하체를 노린다! 그들을 쓰러뜨려 시간을 벌면 드래곤이 알아서 처리해 줄 것이다!"

"예!"

마도병단은 거대한 할버드를 이용하여 발라커스를 쓰러뜨렸고, 드래곤은 그 틈을 이용하여 다시 용언을 끌어올렸다.

─크아아아아앙!

"쿠어어어어억!"

처음엔 단 일격에 죽어나가던 몬스터들은 이제 인간과 드래곤이 합공을 하지 않으면 패배할 수도 있을 정도로 맷집이 좋아졌다.

카미엘은 그런 마물들을 바라보며 실소를 흘렸다.

"후후, 그래. 이렇게 흥미진진하지 않으면 모험이 아니지!"

그는 마도병단과 함께 마계의 깊숙한 곳으로 계속해 진군해 나갔다.

마계의 깊숙한 곳은 마치 인간은 절대로 진입할 수 없는 거대한 부화장과 같은 구조로 되어 있었다.

깊숙이 들어가면 갈수록 마물을 생성해 내는 애벌레와 그것들을 품고 부화시키는 시체 덩어리가 즐비했다.

인간의 시신을 둥글게 뭉친 후에 다리를 달아놓은 것처럼 생긴 애벌레의 보모들은 상상 외로 엄청난 파괴력을 가지고 있었다.

무려 20m에 달하는 육중한 몸집을 이용하여 공격을 펼치면 마도병단 열 명이 저 멀리 나가떨어졌다.

퍼억!

"크흑!"

"정신 바짝 차려라! 놈들은 우리의 생각처럼 만만한 놈들이 아니다!"

쓰러졌던 병사들은 다시 제자리로 돌아와 진형을 이루었지만, 시체 덩어리는 단 한 마리도 처리하지 못했다.

드래곤 역시 브레스를 무한정 사용할 수 있는 것이 아니기 때문에 인간과 함께 육탄전에 동참했다.

서걱!

드래곤의 손톱과 발톱, 그리고 꼬리와 이빨까지 전부 동원한 육탄전은 마계를 피로 물들였다.

일단 지금은 드래곤이 싸움에서 우세한 것처럼 보이지만 끝도 없이 밀려드는 적을 처리하기란 그리 쉬운 일이 아니었다.

"끝도 없군."

"그러게 말입니다. 이대로라면 우리 드래곤마저 상처를 입고 말 겁니다."

"흐음."

깊은 고민에 빠지는 드래곤 로드. 그런 그에게 화수가 묘안을 제시했다.

"혹시 용언으로 마나 폭발을 일으킬 수는 없을까요?"

"마나 폭발?"

"마나를 응축시킨 물건은 약간의 충격만으로도 폭발을 일으킵니다. 그래서 인간이 마법을 사용할 때 일정한 수식을 대입하는 것이고요."

"으음, 그러니까 마나의 불안정을 이용하여 폭발을 일으키는 것이다?"

"예, 그렇습니다. 어차피 플러스 에너지인 용언은 마나와 형질이 비슷하니 폭발을 일으켜도 마도병단은 죽지 않을 겁니다. 여차하면 드래곤님들의 날개 아래에 피신해 있어도 괜찮고요."

"흠……."

화수의 제안에 드래곤은 흔쾌히 동의했다.

"좋아, 자네의 묘안이라면 충분히 저들을 몰살시킬 수 있 겠어. 하지만 잘못하여 지하가 붕괴되면 큰일인데 그에 대한 방도는 있겠나?"

"카시네스님의 프리징 브레스로 마그마의 겉면을 굳혀 버 리면 지하가 무너지는 것을 막을 수 있을 겁니다. 용암은 군 어서 자연적으로 화강암으로 변하니까요."

"그래, 그런 방법이 있었군."

마그마가 영상 수천 도에 이른다면 카시네스의 프리징 브 레스는 절대영도에 달한다.

만약 이 두 가지가 만난다면 순간적으로 화강암을 형성하 면서 단단한 기둥이 되어줄 것이다.

"그럼 카시네스가 프리징 브레스로 마그마를 식히는 동시 에 우리는 마나 폭발을 일으키도록 하지."

"예, 알겠습니다."

이윽고 드래곤들은 용언을 응축시켜 작은 구슬로 만들었 고, 마도병단은 방패로 진영을 이뤄 후폭풍에 대비했다.

"방패진!"

촤라라락!

"밀리면 안 된다! 땅에 뿌리를 박는다 생각하고 버텨라!"

"예!"

화수는 이내 카시네스와 함께 용암지대로 이동했다.

그는 동굴의 구조상 지반이 무너져 내려도 단단히 버틸 수 있는 곳을 지정하여 브레스를 뿜도록 했다.

"이곳입니다."

"그래, 이곳이라면 동굴이 무너져도 버틸 수 있겠군."

카시네스는 화수의 말대로 마그마 위에 프리징 브레스를 발사했다.

—크아아아앙!

휘이이이잉!

거친 눈보라와 함께 전방으로 쏘아져 나간 프리징 브레스는 순식간에 마그마를 딱딱한 화강암으로 만들어 버렸다.

그리고 마그마가 식는 동시에 브레스의 냉기에 의해 얼어 버린 대기와 수증기는 눈이 되어 화강암 위로 내려앉았다.

이제 이곳은 용암지대가 아닌 한겨울의 화강암 지대처럼 바뀌어 버린 것이다.

"이만하면 지반이 무너지지 않겠지?"

"물론이지요."

이윽고 카시네스는 드래곤 로드에게 신호를 보냈다.

—지금입니다.

―알겠네.

154명의 드래곤은 일제히 용언으로 만든 마나코어에 충격을 가했다.

우우우우웅!

그러자 엄청난 기세의 용언이 폭발을 일으켜 지하 세계를 강타하기 시작했다.

콰아아앙!

"크윽!"

카미엘과 마도병단은 가까스로 그 후폭풍을 이겨내고 있었고, 화수는 카시네스와 함께 그 광경을 지켜보고 있었다.

그리고 잠시 후 카미엘이 눈을 떴을 때엔 아주 깔끔하게 변한 마계가 펼쳐져 있었다.

"서, 성공이다!"

"와아아아아아아!"

마계의 핵은 마왕의 피질로 감싸여 있기 때문에 겉면이 살짝 탄 정도로 훼손되어 있었다.

하지만 이 정도의 훼손으로 핵이 변질되지는 않을 것이다.

"로드, 이제 저 핵을 꺼내서 지상으로 나가시지요."

"그래, 그렇게 하자고."

카미엘 일행은 마계의 핵이 든 주머니를 검으로 가른 후 그 안에 있는 내핵을 꺼내 들었다.

두근두근!

마치 심장처럼 요동치는 마계의 핵은 태고의 신비함을 그대로 간직하고 있었다.

드래곤은 그것을 자신들의 비늘로 잘 감싼 후 다시 지상으로의 날갯짓을 시작했다.

10장

잘못된 것을 바로잡을 때

　드래곤과 함께 마계의 핵을 탈취한 카미엘은 이제 이것을
가지고 안정적인 블랙홀로 여행을 시작하려 했다.

　하지만 지상에서 우주로 나아가자면 그에 걸맞은 장비가
있어야 할 텐데 지금 당장 그것을 마련하기엔 자금이 부족했
다.

　하여 카미엘은 자신의 소유이던 공국을 다시 탈환하기로
했다.

　마도병단은 물론이고 드래곤까지 가세한 카미엘의 군세는
그야말로 천하무적이었다.

그는 여동생 리카엘리나에게 자신의 생존에 대해 알렸지만, 돌아온 것은 가래가 묻은 편지 한 통이었다.

꺼져 버려, 이 못난이 자식아!
—리카엘리나.

이 편지는 카미엘에게 공왕의 직위를 돌려주지 않겠다는 결연한 의지를 대변하는 것이며 한편으론 그의 생존을 의심하는 것일 수도 있었다.

마도병단의 주둔지.

카미엘은 그곳의 중앙에 서서 가래가 묻은 편지를 받았다.

그는 자신의 앞에 선 한 청년을 바라보며 물었다.

"자네는 내가 누구인지 아는가?"

"자칭 카미엘 장군이라고 하는 사람이 아니오?"

"그럼에도 불구하고 이따위 말도 안 되는 편지를 전달했다는 말인가?"

"나는 할 일을 했을 뿐이오."

눈이 양옆으로 쫙 찢어져 상당히 비열해 보이는 인상의 청년은 아무래도 리카엘리나가 일부러 카미엘을 도발하기 위해 보낸 것으로 보였다.

그는 여전히 비열한 표정을 유지하며 말했다.

"당장 이곳에서 철수하지 않으면 군대를 동원하여 그대들을 쓸어버릴 것이오. 우리는 2만의 기마병과 1만의 궁수를 보유하고 있소. 그대들이 우리를 어쩔 수는 없을 것이란 말이지."

"흐음."

일반적으로 3만의 군세는 일개 왕국의 전력쯤 되는데, 그 중에 절반 이상이 기마대인 경우는 상당히 드물었다.

기병과 보병의 차이는 오토바이를 탄 병사와 걸어다니며 싸우는 병사의 차이다.

탈것이 있는 것과 없는 것은 하늘과 땅만큼 큰 차이가 난다.

그렇기 때문에 저들이 지금 이렇게 허세를 부리는 것도 전혀 무리는 아니었다.

하지만 저들은 분명 마도병단 1천의 병력도 상대하지 못하고 무너져 내릴 것이다.

카미엘은 그에게 마지막으로 경고했다.

"3시간 주겠다. 그 안에 항복하지 않으면 리카엘리나와 그를 따르는 간신들을 일벌백계하여 개의 먹이로 줄 것이다."

그는 자신의 곁에 선 마도군견의 털을 손으로 꽉 휘어잡았다. 그러자 녀석이 전령을 바라보며 시퍼렇게 날이 선 이를 드러냈다.

으르르르릉!

"이 개는 내가 마도병단과 함께 탄생시킨 병기일세. 일반 병사라면 이 개를 건드려 보지도 못하고 죽을 거야. 내가 장담하는데, 자네들이 항복하지 않는다면 이 개들에게 처참하게 물려 죽을 것이야."

마도군견이 내뿜는 카리스마는 마치 최강의 맹수와 같았고, 그 파급력은 일반인이 감당할 수 있는 것이 아니었다.

꿀꺽!

"크, 크흠! 내, 내가 그깟 개를 무서워할 것 같소?!"

"아마 그렇게 되겠지."

카미엘은 병사들에게 그를 다시 적진으로 돌려보낼 것을 지시했다.

"놈을 보내줘라. 항복하지 않으면 어차피 죽을 몸, 이곳에서 굳이 피를 볼 필요는 없지 않겠나?"

"예, 장군."

전령은 병사들이 길을 터주자마자 말을 타고 미친 듯이 달렸고, 마도병단과 드래곤은 그 모습을 바라보며 실소를 흘렸다.

"푸하하하! 개에게 졸아 꽁지를 감추다니, 오합지졸이 틀림없습니다!"

"낄낄낄, 그러게 말이야!"

이제 카미엘은 병사들과 드래곤을 이끌고 자신의 고향인 피올리안바토르스로의 진군을 준비했다.

"진군의 북을 울려라! 3만의 군세가 일제히 성문을 포위할 것이다!"

"예!"

둥둥둥둥!

마도병단이 진군의 북을 울리자 드래곤은 예외 없이 자신의 현신을 드러냈다.

쿠르르르릉, 콰앙!

─크아아아앙!

뇌전과 스파크를 동반한 그들의 디폴리모프는 인간들에겐 천재지변처럼 무시무시한 광경이다.

하지만 마도병단은 이제 그런 모습들이 익숙하게 느껴졌다.

"자, 이제 슬슬 마무리 짓도록 하지."

"예, 로드."

카미엘은 아나베르스와 함께 피올리안바토르스 영주성으로 향했다.

*　　*　　*

피올리안바토르스 영주성.

지금 이곳에선 카미엘에게 항복을 해야 하나 말아야 하나를 놓고 열띤 토론이 벌어지고 있었다.

당연히 리카엘리나는 카미엘의 부활이 달갑지 않았기 때문에 전쟁을 선택했고, 대부분의 가신들은 그녀를 따랐다.

하지만 목숨이 아까운 몇몇 가신들은 그녀의 선전포고를 반대했다.

"이 전쟁은 우리의 필패입니다. 병사들은 전쟁에 대한 경험도 없고 사기도 낮습니다. 하지만 그에 반해 저들은 일당백의 군사입니다. 무려 대륙을 통일시킨 카미엘의 마도병단이란 말입니다."

"하지만 저들이 진짜 카미엘의 군대라는 증거가 없지 않소?"

"전령의 말에 따르면 초상화에 나온 사람과 저들의 수장이 일치한다고 했습니다. 전령이 거짓을 고할 리 없으니 진실이라고 믿는 것이 옳지 않겠습니까?"

"후후, 고작 전령의 말을 믿고 영지의 문을 열라?"

"현실을 직시하자는 얘기입니다."

그녀는 고개를 가로저었다.

"이 성은 철옹성이오. 내 오빠인 전쟁광 카미엘이 만들었으니 그 단단함이 오죽하겠소? 이곳에서 농성을 벌이면 저들은 결국 피해를 입고 다시 방랑군으로 돌아갈 것이오. 그러니 선전포고는 당연한 일이지."

"그, 그렇지만……."

리카엘리나는 이제 더 이상 가신들의 말을 듣기 싫다는 듯 손을 내저었다.

"됐소. 이제 더 이상 그대들의 얘기는 듣지 않겠소. 어차피 벌어진 전쟁, 우리는 저들에게서 취할 것만 취하면 그만이오. 알겠소?"

"……."

그녀의 우격다짐으로 결국 전쟁은 확정될 예정이고, 군부는 리카엘리나의 명에 따라 무장한 채로 돌격 대기 상태에 접어들었다.

이제 그녀가 회의를 끝내려 자리에서 일어서는 바로 그때였다.

콰앙!

영주성 회의실 문이 열리며 한 병사가 숨이 넘어갈 듯한 얼굴로 뛰어 들어왔다.

"저, 전하!"

"무슨 일인가?"

"크, 큰일입니다! 드래곤이 우리의 영지로 날아오고 있습

니다!'

"드래곤?"

그의 보고에 가신들은 폭소를 터뜨렸다.

"푸하하하하! 미쳤군! 이 세상에 드래곤이 어디 있단 말인가?"

"아무래도 저놈이 더위를 먹고 실성한 것이 아닌가 싶습니다."

"후후, 그러게 말이오."

병사는 순식간에 미친 사람으로 몰렸지만 자신이 보고 들은 것을 계속해서 전달했다.

"어, 어서 피하시는 것이 좋겠습니다!"

"괜찮으니 너는 어서 돌아가 자신의 임무에 충실하도록 하라."

"하, 하지만……."

"어허! 어서 돌아가지 못할까?!"

이러지도 저러지도 못한 채 자리에 부복한 병사, 그는 불안한 눈으로 천장을 바라보며 말했다.

"저, 정말인데……."

"아니, 이놈이?!"

바로 그때였다.

쿠그그그그그그그그!

회의실 창문은 물론이고 천장 전체가 흔들리기 시작하며 엄청난 충격이 전해졌다.

콰앙!

"으아아아악!"

"이, 이게 무슨……?!"

그리고 모습을 드러낸 것은 놀랍게도 드래곤의 거대한 눈동자였다.

"아무래도 이곳이 맞는 모양이군."

"감사합니다, 로드."

장내에 있던 모든 인원은 딱딱하게 굳어 아무런 말도 할 수 없었으며, 드래곤의 손바닥에 올라타 있던 카미엘이 지상으로 내려왔다.

"리카엘리나, 이 멍청한 것! 결국 이 오라비를 믿지 못하고 또 사고를 쳤구나!"

"오, 오라버니?!"

그는 죽었다고 전해진 카미엘이 분명했고, 자신의 핏줄을 알아보지 못할 리카엘리나가 아니었다.

이윽고 카미엘은 그녀에게로 성큼성큼 다가와 꿀밤을 먹였다.

콩!

"으윽!"

"내가 뭐라고 했느냐? 분명 이 오라비가 살아 돌아왔다고 친서까지 보내지 않았더냐?"

"그, 그건……."

"잘못하면 내 군대와 피올리안바토르스의 병사들이 백병전을 치를 뻔하지 않았느냐?"

마도병단에게 철옹성은 그저 조금 높고 단단한 장벽일 뿐 그 이상도, 그 이하도 아니었다.

카미엘은 놀라서 아무런 말도 못하고 있는 가신들에게 말했다.

"지금부터 너희들을 영주에 대한 반역죄로 다스릴 것이다! 만약 내 명령을 어길 시엔 구족을 멸하고 모든 족속을 죽여 부관참시할 것이다! 알겠느냐?"

"……."

"알겠느냐?!"

가만히 카미엘을 바라보고 있던 리카엘리나가 그의 얼굴에 침을 내뱉었다.

"퉤!"

"…뭐 하는 짓이냐?"

"이곳의 공왕은 나 리카엘리나 피올리안바토르스다! 네놈이 내 가신들에게 이래라저래라 할 수 없단 말이다!"

순간 카미엘은 황당하다는 눈초리로 그녀를 바라보았다.

"진심이냐?"

"물론! 내가 미쳤다고 너 같은 전쟁광에게 영지를 내어줄 것 같으냐?! 어디 한번 이곳을 탈환할 수 있으면 해봐라! 난 결코 항복하지 않을 것이다!"

악에 받쳐 이를 가는 그녀를 바라보며 카미엘은 깊은 한숨을 내뱉었다.

"후우, 어려서부터 더럽게 말을 안 듣더니 그 버릇을 못 고쳤구나. 시집을 보내면 좀 나을 줄 알았더니……."

"흥!"

카미엘은 이내 다시 아나베르스의 손에 올라타 영주성을 빠져나간다.

"가시지요."

"아무래도 그래야 할 것 같군."

이내 그는 군대를 향해 돌아갔고, 영주성은 여전히 충격에 빠져 있었다.

*   *   *

3만 마도군병이 도열해 있는 카미엘의 진영.

그는 군마 체이서에 올라 피올리안바토르스의 성벽을 바라보고 있었다.

"…젠장, 아무리 철이 없다고 해도 오라비에게 반기를 들다니 내가 동생을 잘못 키웠어."

피로츠는 자꾸만 한숨을 내쉬는 카미엘을 애써 위로했다.

"원래 사랑은 내리사랑입니다. 동생은 오라비의 마음을 알지 못하지요."

"어려서부터 사람의 속을 자주 뒤집어 놓더니 이젠 아주 별짓을 다 하는군."

핏줄이기에 눈에 밟히긴 하지만 더 이상 시일을 지체할 수는 없었다.

챙!

"진군을 시작한다!"

뿌우우우!

마도병단은 카미엘을 따라 서서히 말을 몰기 시작했고, 아나베르스는 자신의 손가락에 용언을 집중시켰다.

우우우우웅!

그리곤 그것을 일자로 쏘아 보내 성문을 타격했다.

콰앙!

"크하아아악!"

"성문이 뚫렸다! 어서 침목을 준비해라!"

단 일격에 성문이 뚫려 버렸으니 성벽은 그야말로 무용지물이나 다름없게 되었다.

카미엘은 거대한 사각 방패를 들고 돌진하면서 외쳤다.

"이대로 병사들을 돌파하여 내성까지 단번에 진군한다!"

"충!"

어차피 전쟁은 수장의 목만 쳐내면 승리로 끝나는 법이니 영주의 지휘만 박탈하면 된다.

그는 자신의 앞을 막아서는 병사들과 정면으로 부딪쳐 길을 만들었다.

콰아앙!

"크헉!"

"이, 이런 말도 안 되는 돌파력이⋯⋯!"

"나는 피올리안바토르스의 공왕 카미엘이다! 모두 다 길을 비켜라!"

비록 3년이나 지나긴 했지만 피올리안바토르스의 군사들은 카미엘의 얼굴을 단박에 알아보았다.

"자, 장군?!"

"위, 위대한 카미엘 장군님이시다!"

"오오⋯⋯!"

지금까지 카미엘의 존재를 인지하지 못하고 있던 병사들은 일제히 그를 위해 길을 터주었다.

피올리안바토르스에서 카미엘은 거의 신적인 존재였기 때문에 그를 막는 사람은 아무도 없었다.

카미엘은 순식간에 3만의 군사를 이끌고 영주의 내성으로 처들어갔다.

"문이 굳게 닫혀 있습니다!"

"상관없다! 돌파한다!"

그는 돌격 속도를 그대로 유지한 채 영주성의 내성 문을 강하게 들이받았다.

쾅!

그러자 약 1천의 병사들이 카미엘을 향해 활과 창을 겨누었다.

"발사 준비!"

하지만 그들은 얼마 지나지 않아 병장기를 내려놓았다.

—크아아아앙!

"드, 드래곤이다!"

"사, 사람 살려!"

"병장기를 버리면 살려주겠다! 하지만 카미엘에게 반항하는 자는 나의 먹이가 될 것이다!"

아나베르스의 협박에 인간들은 병장기를 버리고 무릎을 꿇었고, 카미엘은 리카엘리나와 남편 빈센트에게로 천천히 말을 몰아갔다.

그는 새파랗게 질린 빈센트에게 물었다.

"자네, 도대체 내 동생에게 무슨 짓을 한 것인가? 어찌했기에 아이가 이렇게까지 실성하여 오빠에게 침을 뱉어?"

"혀, 형님, 그, 그것이……."

카미엘은 말에서 내려 그의 멱살을 틀어쥐었고, 무려 100kg에 육박하는 빈센트의 몸이 공중으로 붕 떠올랐다.

"어, 어어! 살려주십시오!"

"매제, 좀 맞아야겠어."

"혀, 형님!"

"자네, 처음 리카엘리나를 데리고 갈 때 뭐라고 했나? 한 살림 잘 꾸려서 행복하게 살겠다고 하지 않았나? 그것도 자네의 영지에서 말이야."

"그, 그건……."

"아무리 내가 죽었다고 해도 내 여동생을 꾀어 영지를 말 아먹으려 들어?"

"사, 살려주십시오, 형님! 제가 잘못했습니다!"

카미엘은 이내 그의 따귀를 아주 차지게 올려붙였다.

짜악! 짜악!

"아악!"

"매제, 아직 멀었네. 벌써 피를 흘리면 어쩌나?"

"흑흑, 형님!"

빈센트는 카미엘에게 20대가량 따귀를 맞고 나서야 땅바 닥에 발을 붙일 수 있었다.

바닥에 널브러진 빈센트를 한 번 쏘아본 카미엘은 이내 여동생 리카엘리나에게도 고개를 돌렸다.

"리카엘리나!"

"오, 오라버니, 그게 아니고……."

"내가 몇 번을 말했느냐? 영지는 자신의 이득을 위해 기득권을 모두 취하는 순간 무너지는 것이라고 말이다. 감히 아버지와 할아버지의 유산을 이렇게 망쳐놔?"

"자, 잠깐만……."

이어 카미엘은 자신의 품속에 잘 갈무리하고 있던 회초리를 꺼내 들었다.

이 회초리는 대나무에 마나코어를 덧대어 절대로 부러지지 않지만, 상당히 탄력이 좋아서 사랑의 매로는 안성맞춤이었다.

"치마를 걷어라."

"오, 오라버니, 내 나이가 몇인데……."

"그럼 저놈처럼 따귀를 맞을래?"

"그, 그건 아니지만……."

"어서 치마를 걷어라."

차마 동생이라서 손을 자르거나 하는 형벌에 처할 수는 없으니 병사들 앞에서 창피를 주어 정신을 차리게 하려는 것이다.

그녀는 서른이 넘은 나이임에도 불구하고 종아리까지 치마를 걷어 올렸다.

"오, 오라버니……."

"몇 대 맞을래?"

"아, 아니, 잠깐……."

"몇 대 맞을 것이냐고 물었다. 대답하지 않으면 내가 원하는 만큼 후려치는 수가 있어."

그제야 그녀는 눈을 질끈 감고 외쳤다.

"여, 열 대!"

"좋아, 열 대. 열 대만 맞아도 정신을 차리겠다는 말이지?"

"네, 네……."

카미엘은 인정사정없이 그녀의 종아리를 후려치기 시작했다.

따악, 따악, 따악!

"으윽, 으으윽!"

"똑바로 서라. 잘못하면 처음부터 다시 맞는 수가 있어."

그녀는 20년 만에 카미엘에게 사랑의 매를 맞고 병사들 앞에서 눈물을 짜낼 수밖에 없었다.

＊　　　＊　　　＊

처음 카미엘은 어쩔 수 없이 그녀를 처형시켜야 하는지에 대해 무척이나 고민했다.

하지만 아나베르스는 그런 그에게 관용이라는 개념에 대해 설명했고, 그것은 민심을 다스릴 수 있는 방법이라고 말했다.

카미엘은 그의 말에 따르기로 하고 결국 서른이 넘은 동생과 매제를 공개 체벌함으로써 사건은 일단락되었다.

또한 영지를 어지럽힌 고관대작들과 아전인수했던 가신들에게는 작위와 재산을 삭탈했다.

얼마 전까지만 해도 영지의 피를 빨아먹던 그들은 이제 마구간지기로 강등되어 평생 동안 말똥이나 치우다 죽게 되었다.

카미엘은 이제 자신의 존재를 널리 알리고 영지를 천천히 개혁해 나가기로 했다.

물론 그 과정이 이뤄지는 가운데 우주선 개발에도 박차를 가했다.

화수는 이곳에서 구할 수 있는 철을 모두 한곳으로 모으고 그것을 연결시켜 3만 명이 탑승할 수 있는 비행선의 모체를 만들었다.

드래곤들은 그것을 이어 붙이고 동체를 만드는 데 도움을 주었고, 병사들은 노동력을 아낌없이 투자해 주었다.

하루에 무려 14시간에 달하는 작업량을 소화하면서도 마도병단은 지친 기색이 없었다.

덕분에 화수는 보름 만에 비행선 시범 운행에 착수할 수 있게 되었다.

모든 것이 마나로 이뤄진 비행선은 최첨단 우주선에 비해서 전혀 뒤떨어지는 것이 없었다.

이곳에는 마도병단뿐만 아니라 인간으로 폴리모프한 드래곤도 함께 탑승할 예정이다.

화수와 카미엘은 우주선의 발사대를 만들고 그 위에 임시 비행선을 올려놓았다.

3만의 마도병단은 임시 비행을 위해 자리에 앉았고, 카미엘은 오로지 마나코어와 마나신경체계로 이뤄진 비행기에 동력을 불어넣었다.

우우우웅, 슈가가가가각!

동력장치가 푸른색 불꽃을 뿜어내는 가운데 화수가 카운트다운을 외쳤다.

"셋, 둘, 하나, 발사!"

콰아앙!

새파란 연기를 내뿜으며 날아오른 비행선은 안정적으로 대기권 끝자락까지 날아올랐는데 충분한 동력을 유지하고 있었다.

"성공입니다. 이 정도 수치라면 블랙홀까지 예정된 시간 안에 갈 수 있겠습니다."

"좋아, 이제 내려가서 비행선을 완성시키자고."

"예, 알겠습니다."

카미엘과 화수는 이제 루야나드를 떠나 다시 지구로 향하는 여정에 착수할 것이다.

『현대 마도학자』14권에 계속…

외전

영지의 일상

피올리안바토르스 영주성.

카미엘은 오늘도 쌓인 업무를 처리하느라 잠을 세 시간밖에 못 잔 상태였다.

하지만 그는 아주 사소한 것이라도 놓치지 않기 위해 눈을 부릅뜨고 서류에 집중했다.

대부분이 외교에 대한 안건이었지만, 카미엘이 가장 신경 쓰는 것은 역시 민생 구제에 대한 것이었다.

지금 영지에는 굶어 죽는 사람들이 넘쳐나고 있기 때문에 가장 먼저 영지를 부강하게 만드는 것이 관건이었다.

카미엘은 오늘도 올라온 아사자들의 명단을 바라보며 깊은 고뇌에 빠져들었다.

"이걸 어쩌면 좋단 말인가······."

그가 지구로 떠나고 나면 당분간 재정이 풍부해야 한다. 그런데 지금처럼 하루 벌어 하루 먹고살기가 빠듯하면 큰일이다.

그렇기에 그는 빈센트의 집안을 털어서 먹을 것을 충당하기로 했다.

"이보게, 밖에 누구 있는가?"

"예, 영주님."

그에게 모습을 드러낸 사람은 새롭게 시녀장이 된 세르비아였다.

카미엘은 그녀에게 편지를 한 장 써서 직인을 찍은 후 건네며 말했다.

"이것을 피로츠에게 전하고 말을 몰고 삼 일 내로 임무를 완수하라고 전해주게."

"임무의 내용은요?"

"빈센트의 집안에 쳐들어가서 배상금을 받아오는 일이네."

"알겠습니다."

이윽고 그녀는 돌아서려 했지만 카미엘이 그녀를 잡았다.

"잠깐, 그러고 보니 자네는 지금 이렇게 돌아다니면 큰일 나지 않는가?"

그녀는 고개를 가로저었다.

"아닙니다. 이 정도는 괜찮습니다. 황궁의 시녀들은 이 정도의 일로 아이를 잃지 않아요."

"그렇긴 하지만……."

"크게 걱정하실 필요 없습니다. 의관의 말을 들어보니 몸을 너무 안 움직여도 아이에게 좋지 않은 영향이 미친다고 하더군요. 남편도 이해했습니다."

이젠 픽스와 함께 가정을 꾸린 그녀로선 남편의 말을 들어야 할 것이다.

카미엘은 어쩔 수 없이 고개를 끄덕였다.

"그래, 자네의 뜻이 정 그러하다면 어쩔 수 없지."

"아무튼 이 편지는 지금 당장 전하겠습니다."

"그렇게 해주게."

세르비아는 이내 마도병단의 병영으로 향했다.

*   *   *

마도병단 병영으로 향하는 길.

픽스가 그녀를 기다리고 있었다.

"이제 나오시오?"

"영주님께서 붙잡으셔서 말입니다."

"무슨 하명하신 일이라도?"

그녀는 실소를 흘리며 말했다.

"글쎄, 아이를 가졌다고 돌아다니지 말라고 하시지 뭡니까?"

"으음, 맞는 말씀을 하셨군."

세르비아는 픽스를 곱게 째려보며 말했다.

"내 말에 따르기로 했잖아요. 해산달까진 일을 하겠다고요."

"하지만 그래도……"

"걱정하지 말아요. 이래 봬도 황궁에서 가장 체력이 좋은 시녀였다고요."

원래 가정은 아내가 기득권을 쥐고 남편은 그에 따르면서 집안의 대사만 결정하는 곳이 많다.

그래야 가정에 평화가 깃들고 오래도록 그 평화가 유지될 수 있다.

"후우, 별수 없지. 영주님께서 시키신 일이 있다면 나에게 주시오."

"이것을 피로츠 장군님께 전달하라고 하셨습니다."

"그렇군. 알겠소. 어차피 병사들의 훈련 상태도 살펴야 하니 내가 직접 다녀오겠소. 당신은 좀 쉬면서 하시구려."

"알겠어요."

이윽고 픽스는 말을 몰아 병영으로 향했다.

픽스는 이곳의 군사훈련 책임자로 부임하게 되었는데, 전쟁이 터지면 직접 군사를 이끌고 현장을 지휘하는 영지수비대장이기도 했다.

마도병단을 제외한 모든 군대는 그의 휘하에서 체계적인 훈련을 받고 있는 것이다.

"방어진!"

촤라라라락!

그가 가장 먼저 신경 쓴 것은 병사들의 진법이었는데, 리카엘리나가 소유하고 있던 사병은 진영에 대한 개념조차 없었다.

오로지 피올리안바토르스의 젊은이들을 데려다 무기를 잡는 법만 가르치고 전쟁을 준비한 것이다.

그러니 오합지졸 소리를 들을 수밖에 없었다.

하지만 이젠 그가 부임하여 피가 터지는 훈련을 시키고 있으니 앞으로 그 어떤 군대가 쳐들어와도 충분히 막아낼 것이다.

그는 잠시 병사들의 훈련 상황을 지켜보다가 마도병단의 막사로 향했다.

막사를 지키고 있던 마도병사에게 다가간 그는 피로츠의 행방에 대해 수소문했다.

"피로츠 장군은 어디에 계신가?"

"아마 성벽 보수 작업장으로 가셨을 겁니다."

"그렇군."

마도병단은 일반 병사들이 받는 훈련 대신에 야간훈련만 받고, 낮에는 성문과 성벽을 보수하는 작업에 투입되었다.

그밖에도 영지의 외곽에 울타리와 장벽을 세워 야생동물이나 외세의 침략에 대비하는 작업도 진행하는 중이었다.

픽스는 피로츠가 현장을 지휘하고 있는 성문으로 향했다.

"장군, 영주님께서 전갈을 보내셨소!"

"아, 그렇군요. 이쪽으로 오시지요."

약간 선선한 날씨가 이어지곤 있지만 여전히 햇살이 아주 따가운 피올리안바토르스다.

그는 픽스를 간이막사로 안내하여 얘기를 나누었다.

"무슨 일이십니까?"

"이것을 빈센트 경의 영지로 전달하고 배상금을 받아오라고 하셨소이다."

"배상금을?"

"그놈이 우리 영지에 끼친 영향이 있지 않소? 그에 대한 피해 보상을 받으시려는 모양이오."

"흐음, 그렇군."

피로츠는 카미엘의 편지를 뜯어 그 안의 내용을 읽어 내려갔다.

친애하는 산테르스 영주께.

요즘 날씨가 아침저녁으로 쌀쌀해지고 있소.

영지는 어떻게 돌아가고 있는지 모르겠소만, 앞으로 다가올 겨울을 철저히 대비하는 것이 좋을 것이오.

본인이 이렇게 펜을 든 이유는 그대의 자식이 우리 영지에 끼친 폐해를 바로잡기 위함이오.

나의 누이동생을 데려간 것으로도 모자라 내가 없는 틈을 타 가산까지 빼돌리고 있더구려.

이것을 어떻게 생각할지는 모르겠으나 본인은 이를 바로잡아야 한다고 생각하오.

…(중략)…….

하여 본인은 배상금 50만 골드를 요구하는 바이오.

만약 이를 어길 시엔 나 역시 그대의 영지에 똑같은 아픔을 안겨줄 것이오.

부디 외교적 문제가 발발하지 않기를 바라오.

끝으로…(중략)…….

피로츠는 편지를 모두 읽고 난 후 실소를 흘렸다.

"후후, 이것이야말로 강도에게 강도짓을 하는 형국 아니겠소?"

"뭐, 우리가 죽게 생겼는데 어떻소?"

"그건 그렇지만, 황당한 일이긴 한 것 같소."

"하하, 그러게 말이오."

카미엘의 무리한 요구가 전달되면 분명 저들이 반발할 것이 뻔하지만, 그래도 지금의 상황에선 무력으로라도 식량을 확보해야 했다.

"그럼 나는 마도병단을 이끌고 산테르스 일가를 찾아가야겠소."

"수고하시오."

"그럼……."

이윽고 피로츠는 5천의 병사들을 이끌고 영지를 떠나 산테르스로 향했다.

*　　　　*　　　　*

빈센트의 아버지 산테르스 찰린슨은 카미엘이 보낸 편지를 받은 후 울화통이 터져 앓아눕고 말았다.

지금까지 아들이 돈을 가져와 영지를 살찌우고 있었는데, 그 돈이 카미엘의 영지에서 빼돌린 돈이었던 것이다.

"미친놈, 그놈이 돈을 가지고 올 때 알아봤어야 하는데……."

빈센트는 피올리안바토르스는 물론이고 산테르스까지 자

신의 영지로 만들기 위해 돈을 퍼다 날랐던 것이다.

어차피 리카엘리나와는 결혼으로 엮여 있으니 이곳만 장악하면 그는 두 영지의 통합 영주가 될 수 있었다.

하지만 그 중간에 카미엘이라는 최악의 복병이 나타났으니 이제 영지는 망하지 않으면 다행인 지경에 이르게 되었다.

찰린슨은 카미엘이 처음 대륙을 정복했을 때를 똑똑히 기억하고 있었다.

그는 단 3만의 군세로 대륙을 정복했으며, 나머지 군사는 점령지의 후발대로 들어와 군정을 이룩했다.

그때의 카미엘은 피에 미친 귀신처럼 보였고, 자신에게 반항하는 세력은 가차 없이 죽였다.

카미엘이 대륙 전역에 자신의 이름을 알리고 난 후에는 반역은 아예 꿈도 꿀 수 없는 것이 되어버렸다.

이제 서서히 그의 영향력이 대륙을 타고 흘러나가고 있는 가운데, 빈센트의 비자금 조성이 발각되었으니 구족을 멸하지 않으면 다행인 상황이었다.

"어쩜담⋯⋯."

그가 병석에 누워 시름시름 앓고 있는 바로 그때였다.

찰린슨의 처소로 조카딸인 아실린이 찾아왔다.

똑똑.

"숙부님, 아실린입니다."

"그래, 들어오너라."

올해로 열여덟이 된 아실린은 그가 어려서부터 애지중지 키운 여동생의 딸이다.

비록 그녀의 부모는 사고로 죽고 말았지만 찰린슨은 여동생을 향한 애정을 조카에게 쏟아 부었다.

덕분에 그녀는 아주 아름답고 심성이 고운 처자로 자라났다.

"어쩐 일로 병석을 다 찾아왔느냐?"

"숙부님이 보고 싶어서요."

"후후, 그래, 이리 와서 앉거라."

그녀는 안쓰러운 얼굴로 찰린슨을 바라보며 물었다.

"많이 아프십니까?"

"아니다. 그저 머리가 좀 지끈거릴 뿐이야."

"카미엘이라는 그자 때문이십니까?"

"그래. 그가 마음만 먹으면 우리 영지는 다시 피바다로 뒤덮일 것이다. 아마 너도 잘 알 것이다. 나르서스 제국이 대륙을 통일하던 때, 그는 단 3만의 병사로 전 대륙을 통일하였다. 그런 카미엘의 영지에서 빈센트가 돈을 빼돌렸으니 이것이야말로 죽을죄가 아니고 무엇이겠느냐?"

"그렇군요."

아실린은 가만히 그의 얼굴을 바라보다가 뭔가 결연한 각오를 다졌다는 듯 말했다.

"숙부님, 저를 피올리안바토르스로 보내주십시오."

"뭐, 뭐라?"

"제가 카미엘이라는 자를 설득하고 오겠습니다."

"하지만 그곳에 잘못 갔다간 네가 죽을 수도 있어."

그녀는 고개를 가로저었다.

"아무리 잔악한 사람이라고 해도 저같이 젊은 처자를 죽이기야 하겠습니까?"

"그렇지만……."

"더군다나 그곳에는 리카엘리나 언니도 있으니 저를 죽이지는 않을 겁니다."

대륙에 있는 군소 국가들에게 카미엘은 인간의 탈을 쓴 악마로 기억되고 있기 때문에 그 공포감은 이루 말할 수 없었다.

그럼에도 불구하고 스스로 카미엘의 영지로 들어가겠다고 자처한다는 것은 어지간한 용기론 불가능한 일이다.

그러나 지금 찰린슨에게는 더 이상 물러설 곳이 없었다.

지금 그는 카미엘이 요구한 배상금을 전부 다 물어주고 나면 사유재산이 한 푼도 남지 않았다.

하지만 그렇다고 아끼는 조카딸을 사지로 내몰 수는 없었다.

"…안 된다. 그렇다고 해도 너를 보낼 수는 없어."

"숙부님, 다시 한 번 생각해 주세요. 저는 죽지 않아요."

"글쎄, 난 너를 못 보낸다니까."

"제가 그에게 청혼을 하면요?"

순간 그의 표정이 딱딱하게 굳어버렸다.

"뭐, 뭐가 어째? 지금 네가 무슨 말을 한 것인지 아느냐?"

"카미엘도 남자입니다. 제가 청혼을 한다면 빚을 탕감해 줄 수도 있을 겁니다. 아니, 그게 아니라면 조금이라도 탕감하는 것은 가능하겠지요."

"하, 하지만……!"

"저를 믿어주세요. 그를 홀려 이 일을 해결해 보겠습니다."

그녀는 슬그머니 미소를 지으며 말을 이었다.

"그리고… 저는 청혼을 한다고 했지 결혼을 한다고는 안 했어요."

"아아! 그런 방법이……!"

"후후, 어때요?"

"그래, 그래!"

두 숙질은 카미엘을 속이기 위한 작전에 돌입했다.

* * *

피로츠가 배상금을 요구하고 돌아가는 길에 아실린은 그에게 함께 돌아갈 것을 부탁했다.

거리가 그리 멀지는 않지만 사지로 스스로 들어간다는 것이 전혀 이해가 가지 않는 피로츠였다.

그는 조금 날이 선 표정으로 그녀에게 연유를 물었다.

"어째서 우리 영지로 스스로 걸어 들어오겠다는 거요?"

그러자 그녀는 얼굴을 붉히며 답했다.

"…영주님을 뵙고 말씀드리겠습니다."

"뭐요?"

"차마 여자의 입으로 먼저 얘기를 꺼내기 힘들군요."

피로츠는 연신 고개를 갸웃거렸다.

"도대체 무슨 소리를 하는지 모르겠군. 여자의 입으로 말 못할 사정이 도대체 뭐란 말이오?"

"그러니까… 그건……."

"시끄럽소. 연유를 말하기 싫다면 따라올 생각도 하지 마시오."

"……."

그녀가 카미엘을 유혹하기 위해 길을 떠나기로 했지만, 아주 중요한 것을 간과하고 말았다.

마도병단은 기본적으로 유혹이라는 것에 절대적으로 무감각했던 것이다.

"…그, 그러니까…."

"말 못하겠으면 나는 이만 가보겠소."

"아, 알겠어요! 말할게요!"

"그제야 말이 통하는군. 연유가 무엇이오?"

"영주님께 청혼하려고 합니다."

순간 그는 자신의 귀를 의심하고 다시 물었다.

"뭐, 뭐요? 뭘 어쩐다고?"

"영주님께 청혼한다고요."

"허어, 지금 당신이 무슨 소리를 하는 것인지 알고 하는 것이오? 우리 영주님의 나이가 올해 몇이신데……."

"저는 결혼 적령기예요. 그분과 함께 살지 못 할 이유가 없어요."

"뭐, 그건 그렇지만……."

"아무튼 나를 데리고 가주세요. 그분께 직접 말하겠어요."

"흠……."

피로츠는 가만히 그녀를 바라보더니 이내 말을 한 필 건넸다.

"좋소, 함께 갑시다. 말은 탈 줄 아시오?"

"네, 조금은요."

"그럼 됐소. 이놈은 마도군마이니 알아서 길을 찾아갈 것이오. 당신은 그냥 말고삐만 꼭 쥐고 있으면 된다오."

이힝힝!

"네."

원래 귀족의 영애는 마차에 오르는 것이 관례이지만, 마도병단은 그런 관례쯤은 가볍게 무시했다.

"갑시다."

"네."

이윽고 피로츠는 마도병단을 이끌고 다시 피올리안바토르스로 향했다.

＊　　＊　　＊

피올리안바토르스에 도착한 아실린은 한창 복구 공사가 진행 중인 영지를 둘러보았다.

마도병단으로 알려진 청년들은 아낌없이 자신을 희생하여 도시를 재건하고 있었고, 일반 병사들은 비지땀을 흘리며 훈련에 박차를 가하고 있었다.

아낙들은 그런 병사들을 위해 음식을 준비했으며, 농부들은 오로지 자신의 직무에만 열중하고 있었다.

이것이야말로 진정한 구휼이며 민생의 구제정책이 아닌가 싶었다.

그녀가 말을 타고 내성으로 들어서자 저 멀리서부터 시민들의 환호성이 들려왔다.

"와아아아아아!"

"영주님 만세!"

아실린은 말로만 듣던 악인 중의 악인 카미엘의 얼굴을 확인하기 위해 시선을 집중했다.

하지만 그는 그 어디에서도 흉악한 얼굴의 사내를 찾아볼 수가 없었다.

"어라? 영주가 없는데 영주를 찾다니, 대리인인가?"

그녀가 고개를 갸웃거리자 피로츠가 손을 뻗어 카미엘을 가리키며 말했다.

"저분이 바로 카미엘 대장군이시오. 이 영지의 영주이기도 하시지."

"저, 저 사람이 그 유명한 카미엘?"

"그렇소."

순간, 그녀는 자신의 눈을 의심할 수밖에 없었다.

카미엘은 180cm가량 되는 훤칠한 키에 날렵한 몸매, 그리고 예상과 달리 아주 쾌활해 보이는 외모를 지니고 있는 것이다.

'의외인걸.'

지금껏 그녀가 보아온 권력가들은 기름진 얼굴에 지방 덩어리의 몸을 가진 일명 '돼지' 들이었다.

하지만 그녀의 눈앞에 있는 사람은 공왕이라는 직위에 어울리지 않게도 상당히 준수한 외모를 가지고 있었다.

그녀는 오늘 빚을 삭감하기 위해 이곳에 왔지만, 잘못하여 결혼을 하게 된다고 해도 큰 문제는 없을 것 같다고 생각했다.

지금까지 그녀가 보아온 귀족의 자제들은 하나같이 샌님에 힘도 제대로 못 쓰는 사람들이었기에 전혀 매력을 느끼지 못했다.

그런데 카미엘은 그들과는 다른 뭔가를 가지고 있었다.

'조금 더 지켜보는 것이 좋겠어.'

그녀는 속으로 회심의 미소를 지었다.

*   *   *

늦은 오후, 숙소를 배정 받은 아실린은 영주성의 정원을 거닐고 있었다.

피올리안바토르스 영주성의 내부는 원래 상당히 화려한 편이었다.

하지만 지금은 카미엘이 사치품을 전부 다 타국에 팔아버리는 바람에 남은 것이라곤 나무 몇 그루밖에 없었다.

그러나 순백색 벽돌과 어우러진 나무들의 풍경은 꽤나 정갈한 느낌을 주었다.

더군다나 피올리안바토르스의 청량한 공기는 다소 남쪽에 치우친 아실린의 고향과는 확연히 다른 모습이었다.

"흐음, 좋구나!"

만약 공작에 실패하더라도 크게 상심할 것 같지는 않다는 생각이 드는 아실린이었다.

그녀가 살고 있는 영주성의 경우엔 다소 탁한 공기에 꽉 막힌 조형물만 가득했기 때문이다.

이윽고 그녀는 정원을 따라 천천히 영주성 깊숙한 곳으로 걸어갔다.

상당히 바쁜 일정을 보내는 기사들과 병사들 때문인지 영주성의 풍경은 상당히 고즈넉했다.

그런데 영주성 깊은 곳에서는 고즈넉함과 어울리지 않는 파공성이 들려오고 있었다.

쉭쉭쉭쉭!

자신도 모르게 파공성을 따라서 걸어간 그녀는 빠끔히 고개를 내밀어 파공성의 진원지를 바라보았다.

"허업!"

물 흐르듯이 매끄럽게 이어지는 검무, 그것은 바로 카미엘이 수련하며 내는 소리였다.

그의 레이피어가 마치 살아 움직이는 뱀처럼 이리저리 흔들리며 춤을 추었다.

'우와!'

태어나 진짜 기사의 연무를 처음 본 그녀는 넋을 놓은 채 카미엘을 바라보았다.

바로 그때, 카미엘이 불현듯 검을 멈추고 말했다.

"게 누구냐?"

"허, 허엇!"

"숨어서 보지 말고 당당히 나오라! 원한다면 한 수 가르쳐 주지!"

아마 대륙에서 카미엘보다 검을 더 잘 쓰는 검사는 없을 것이다.

그나마 나르서스 제국의 황제 레비로스가 그와 호적을 겨룰 정도의 실력이었지만 지금은 존재하지 않는다.

한마디로 지금 그를 이길 수 있는 사람은 찾아볼 수 없다는 뜻이다.

일개 기사가 이런 기회를 잡았다면 아마 평생의 영광으로 삼았을지도 모른다.

하지만 그녀는 기사가 아니었다.

'안 돼! 이런 모습을 들킬 수는 없어!'

이내 그녀는 종종걸음으로 발길을 돌려 버렸고, 카미엘은 신경 쓰지 않고 다시 수련이 박차를 가했다.

*　　　*　　　*

이른 아침, 카미엘은 자신을 찾아온 아실린을 바라보며 고개를 갸웃거렸다.

"나와 뭘 어쩌겠다고 하셨소?"

"당신과 결혼하고 싶어요."

카미엘은 그녀의 얘기를 듣고는 기가 막혀 웃고 말았다.

"하하하! 내가 원래대로 장가를 갔다면 당신보다 훨씬 나이가 많은 딸이 있을 것이오. 뭘 알고나 하는 소리요?"

"…전 진심이에요. 당신에게 흥미가 생겼단 말이에요."

"거참, 말귀가 밝지 못한 아가씨로군."

그는 영지의 정보국 수장을 맡고 있는 제이나를 불러들였다.

"제이나 부장을 불러오게."

"예, 영주님."

잠시 후 제이나가 카미엘을 찾아왔다.

"무슨 일이십니까?"

"잠시 자네가 연출을 좀 해줘야겠어."

"연출이요?"

그녀는 고개를 갸웃거리다 아실린을 바라보며 물었다.

"저 꼬마는 또 누구입니까?"

"꼬, 꼬마라니……."

그는 자리에서 일어나 제이나의 어깨에 손을 올리며 말했다.

"자, 보시오. 나와 잘 어울리지 않소?"

"이건 또 무슨……."

제이나의 기분 따윈 아예 관심도 없다는 듯 그녀의 어깨에 손을 올린 카미엘은 아실린을 바라보며 웃었다.

"이게 바로 관록이라는 것이오."

"과, 관록?"

"나는 이미 불혹을 훨씬 넘었고 제이나 역시 나와 그리 많은 차이가 나지 않소."

"……."

"이 세상의 모든 것은 무릇 균형이라는 것이 있게 마련이오. 인간의 나이가 바로 그것을 반증하는 의미가 아닐까 싶소."

아실린은 도저히 인정할 수 없다는 듯이 카미엘과 제이나를 바라보았다.

"…저 아줌마보다 내가 못하다는 건가요?"

"아, 아줌마?!"

"아무리 봐도 내가 훨씬 더 아름답고 매력적인 것 같은데요?"

평소 아실린은 정숙하고 예의가 바른 여자로 알려져 있었다.

하지만 자신이 불혹의 여인과 비교를 당하자 결코 인정할 수가 없었다.

물론 제이나의 외모는 아무리 많이 봐줘야 서른 살 이상으론 보이지 않았다.

그녀는 카미엘의 손을 거칠게 뿌리치며 물었다.

"갑자기 이게 무슨 짓입니까? 안 그래도 바쁜 사람에게."

"이 처자에게 현실을 알려줄 필요가 있을 것 같아서 말이야."

"그게 무슨 말도 안 되는……."

카미엘은 다시 제이나의 어깨에 손을 올리며 아실린에게 말했다.

"나는 나와 열 살 이상 차이나는 여자에게는 관심이 없소. 최소한 이 정도 연배는 되어야 여자라고 할 수 있지 않겠소?"

"그, 그런 말도 안 되는……?"

"그러니 이곳에서 허송세월하지 말고 당장 영지로 되돌아가시오. 안 그래도 바쁜 이곳에 당신의 말동무가 되어줄 사람은 아마 없을 것이니 말이오."

"……."

이윽고 그녀는 아무 말 없이 집무실을 나섰고, 제이나는 카미엘의 새끼발가락을 발로 꾹 밟아버렸다.

꽈득!

"으, 으윽!"

"정말 칼이라도 맞고 싶으신 겁니까?"

"그, 그게 아니고……."

"자꾸 이러시면 아무리 저라도 이곳에 있을 수 없습니다."

"왜 그런 말을 하는 건가? 자네라면 나를 이해해 줄 수 있을 것이라고 생각했는데."

그녀는 참다못해 버럭 소리를 질렀다.

"세상에 어떤 여자가 자기 마음대로 떠났다가 돌아오는 남자를 좋아하겠습니까?!"

"뭐, 뭐라고?"

"당신의 제자에겐 다시 돌아올 것이라는 예언이라도 남겼지, 나에겐 도대체 뭘 남겼습니까?"

"그거야……."

그제야 카미엘은 그녀가 어째서 화가 났는지 알 것 같았다.

"…미안하이."

"됐습니다. 어차피 난 각하께 아무런 존재도 아니니까요. 그럼 이만."

이내 뒤돌아서는 그녀에게 카미엘이 말했다.

"아니, 아니야!"

"예?"

"…그런 것 아닐세. 자네가 나에게 아무런 존재도 아니라니, 그건 말도 안 되는 소리일세."

"그럼 제가 당신에게 무엇인지 말씀해 보십시오."

"자네는 나에게……."

그녀는 카미엘의 입술에 온 신경을 집중시키고 가슴에 담아두었던 말을 꺼내 들려 했다.

한데 바로 그때였다.

철컥!

"사부님, 동력기를 모두 완성했습니다. 함께 시연해 보시지요."

"크, 크흠!"

"아하, 제이나도 함께 있었군요. 잘되었습니다. 함께 가서 시연해 보시지요."

"그, 그럼 그럴까?"

제이나는 아무런 말이 없었지만 분명 상당히 아쉬워하는 것 같았다.

'눈치도 없어라.'

그녀는 먼저 방을 나섰고, 카미엘은 그런 그녀를 따라나섰다.

"가, 같이 가세."

"사부님?"

홀로 방에 남은 화수는 고개를 갸웃거렸다.

"뭐야? 무슨 일이 있었나?"

중요한 순간에 들이닥친 불청객은 그저 뒤통수를 긁적거릴 뿐이었다.

$$* \qquad * \qquad *$$

다음날, 카미엘은 자신의 발로 이곳을 찾아온 아실린에게 다시 한 번 경고의 메시지를 전달했다.

그녀가 세운 원대한 계획은 아예 통하지도 않았다.

"당신의 숙부에게 이르시오. 기한은 이제 삼 일 남았다고 말이오."

"…알겠어요."

"부디 좋은 결과 있었으면 좋겠소. 그럼 잘 가시오."

그녀는 배를 타고 남하하기로 했고, 그녀를 배웅하게 될 병력은 약 50명 남짓이었다.

이들은 그녀를 호위하는 겸 빚까지 받아올 목적이다.

영지로 돌아가는 발걸음이 무거운 그녀, 그 이유는 아마도 남자에게 처음으로 차인 충격 때문일 것이다.

'아무리 생각해도 내가 더 매력적인 것 같은데……'

아실린이 크게 착각하는 것 중에 하나는 카미엘이 다른 남자와 비슷할 것이라는 사실이다.

하지만 카미엘은 외모나 배경을 보지 않기 때문에 그녀는 평생 그의 배필이 될 수 없을 것이다.

그러나 그녀는 영지로 돌아가 더욱더 자신을 갈고닦을 것을 다짐했다.

'언젠가는 나에게 먼저 다가와 청혼하게끔 만들어주겠어!'

그녀는 잘 모르고 있지만 이런 생각하는 영애가 한둘이 아닐 것이다.

카미엘은 아직 본격적으로 구 나르서스의 영토에 영향력을 행사하고 있진 않았지만 그래도 여전히 대륙의 영웅이었다.

그런 그를 잡기 위한 영애들의 전쟁은 일찌감치 시작된 이후였다.

그러나 불행하게도 카미엘은 그런 그녀들과는 혼약을 하지 않을 것이다.

그에겐 아직도 풀어내지 못한 숙제가 많았기 때문이다.

외전 끝

이 시대를 선도하는 이북 사이트

이젠북

www.ezenbook.co.kr

더욱 막강해진 라인업!
최강의 작가들이 보이는 최고의 재미.

이들의 "유료연재"가 시작됩니다!

김재한 『성운을 먹는 자』 태제 『태왕기 현왕전』
홍정훈 『월야환담 광월야』 전진검 『퍼팩트 로드』
이지환 『어린황후』 방태산 『완벽한 인생』
좌백 『천마군림 2부』 왕후장상 『전혁』
김정률 『아나크레온』 설경구 『게임볼』

검색창에 **이젠북** 을 쳐보세요! ▼ Q

초대형 24시 만화방

신간 100%, 샤워실, 흡연실, 수면실(침대석), 커플석, 세탁기 완비

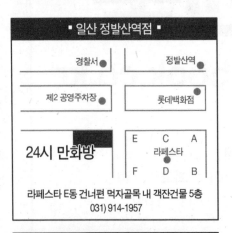

■ 일산 정발산역점 ■

라페스타 E동 건너편 먹자골목 내 객잔건물 5층
031) 914-1957

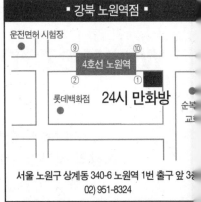

■ 강북 노원역점 ■

서울 노원구 상계동 340-6 노원역 1번 출구 앞 3층
02) 951-8324

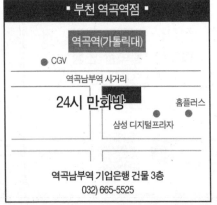

■ 부천 역곡역점 ■

역곡남부역 기업은행 건물 3층
032) 665-5525

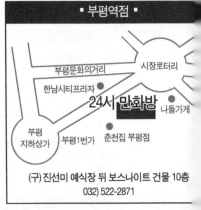

■ 부평역점 ■

(구) 진선미 예식장 뒤 보스나이트 건물 10층
032) 522-2871

가프 장편 소설

관상왕의
1번룸

FUSION FANTASTIC STORY

거대한 도시의 그늘에서 벌어지는
짜릿하고 통쾌한 이야기!

『관상왕의 1번룸』

텐프로의 진상 처리 담당, 홍 부장.
절망적인 삶의 끝에서 만난 남국의 바다는
그를 새로운 인생으로 인도하는데……

쾌락을 원하는 거부, 성공에 목마른 사업가,
그리고 실패로 절망한 사람들이여.

여기, 관상왕의 1번룸으로 오라!

Book Publishing CHUNGEORAM

유행이 아닌 자유추구 -
WWW.chungeoram.com

FUSION FANTASTIC STORY

미더라 장편 소설

ODD LAWYER

Devil's Balance

괴짜 변호사
악마의 저울

『즐거운 인생』 미더라 작가의
2015년 대작!

현직 변호사, 형사, 프로파일러, 범죄심리학 전문가 자문으로
현장의 생생함을 그대로 담아낸 현대 판타지!

『괴짜 변호사 : 악마의 저울』

"제가 왜 한 번도 패소한 적이 없는 줄 아십니까?"

"……"

"저는 법으로만 싸우지 않거든요."

법의 칼날 위에서 춤추는 자들과의
치열한 공방이 펼쳐진다!

Book Publishing CHUNGEORAM

유행이 아닌 자유추구 -
WWW. chungeoram.com

박선우 장편 소설
FUSION FANTASTIC STORY

PERFECT GAME 퍼펙트 게임

고통과 좌절의 시간들을 뛰어넘어
불사조처럼 일어나 세계를 제패한 사나이의 일대기.

대한민국을 넘어 메이저리그를 평정하며
명예의 전당에 헌정된 언터처블 투수, 이강찬.

강철 같은 어깨에서 뿜어져 나오는 그의 패스트볼은
무적이었으며 야구계에 길이 남을 **신화**였다.

야구만을 사랑했던 고독한 사나이.
그의 *퍼펙트게임*이 이제 시작된다!

Book Publishing CHUNGEORAM

유행이 아닌 자유추구 -
www.chungeoram.com

가프 장편소설

관상왕의
1번룸

FUSION FANTASTIC STORY

거대한 도시의 그늘에서 벌어지는
짜릿하고 통쾌한 이야기!

『관상왕의 1번룸』

텐프로의 진상 처리 담당, 홍 부장.
절망적인 삶의 끝에서 만난 남국의 바다는
그를 새로운 인생으로 인도하는데……

쾌락을 원하는 거부, 성공에 목마른 사업가,
그리고 실패로 절망한 사람들이여.

여기, 관상왕의 1번룸으로 오라!

Book Publishing CHUNGEORAM

유행이 아닌 자유추구 -
WWW.chungeoram.com

현대 소환술사

THE MODERN SUMMONER

FUSION FANTASTIC STORY

현윤 퓨전 판타지 소설

하늘이 무너져도 솟아날 구멍은 있다!

드래곤의 실험으로 모진 고난을 겪어야 했던 레비로스!
우여곡절 끝에 소환술사가 되어 최강의 자리에 오르지만
운명은 그를 나락으로 떨어뜨린다.

『현대 소환술사』

다시 한 번 주어진 삶!
그러나 그마저도 암울하기 그지없는데……

소환술사 레비로스의
인생 역전이 시작된다!

Book Publishing CHUNGEORAM

유행이 아닌 자유추구
www.chungeoram.com

FUSION FANTASTIC STORY

성운을 먹는 자

김재한 퓨전 판타지 소설

『폭염의 용제』, 『용마검전』의 김재한 작가가 펼쳐 내는
이제까지와는 전혀 다른 새로운 이야기!

『성운을 먹는 자』

하늘에서 별이 떨어진 날
성운(星運)의 기재(奇才)가 태어났다.

그와 같은 날,
아무런 재능도 갖지 못하고 태어난 형운.
별의 힘을 얻으려는 자들의 핍박 속에서 한 기인을 만나다!

"어떻게 하늘에게 선택받은 천재를 범재가 이길 수 있나요?"

"돈이다."

"…네?"

"우리는 돈으로 하늘의 재능을 능가할 것이다."

Book Publishing CHUNGEORAM

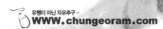
유행이 아닌 자유추구 -
WWW.chungeoram.com